QUEL GÂCHIS, INSPECTEUR !

Liste alphabétique complète des

Romans d'Exbrayat

(Masque et Club des Masques)

	Masque	Club des masques
Aimez-vous la pizza ?	700	55
Amour et sparadrap	680	21
Les amours auvergnates	1001	506
Les amoureux de Leningrad	1061	157
Au "Trois Cassoulets"	1154	229
Avanti la musica	715	43
La balade de Jenny Plumpett	1481	
Barthélemy et sa colère	854	354
La belle Véronaise	1210	268
Les blondes et papa	727	126
Bye, bye, chérie	1330	
Caroline sur son banc	1556	
Ce mort que nul n'aimait	625	133
Ces sacrées Florentines	1046	147
C'est pas Dieu possible	1308	
Cet imbécile de Ludovic	674	85
Chant funèbre pour un gitan	1012	145
Le château des amours mortes	1608	
Chewing-gum et spaghetti	665	12
Chianti et Coca Cola	897	33
Le clan Morembert	1098	
Le colonel est retourné chez lui	875	170
Les dames du Creusot	904	398
Le dernier des salauds	958	454
Des amours compliquées	1457	
Des demoiselles imprudentes	721	369
Deux enfants tristes	1423	
Dors tranquille, Katherine	762	286
Les douceurs provinciales		51
Elle avait trop de mémoire	583	27
En souvenir d'Alice	1469	
Encore vous, Imogène	753	118
Espion où es-tu ? M'entends-tu ?		98
Et que ça saute		106
Felicité de la Croix-Rousse	1033	215
Les fiançailles d'Imogène	1176	197
Les filles de Folignazzaro	797	360
Fini de rire, fillette	1512	
La haine est ma compagne	1634	

	Masque	Club des masques
L'honneur de Barberine (hors collection)		
Il faut chanter, Isabelle	992	498
Imogène est de retour	706	110
Imogène et la veuve blanche	1406	
Imogène, vous êtes impossible	801	140
L'inspecteur mourra seul	638	19
J'aimais bien Rowena	1345	
Joyeux Noël, Tony		63
Ma belle Irlandaise	1719	
Mandolines et barbouzes		80
Marie de nos vingt ans	1380	
Méfie-toi, Gone!	741	67
Les menteuses	1141	223
Les messieurs de Delft	839	312
Mets tes pantoufles, Romeo	1713	
Mortimer, comment osez-vous?	969	294
Ne vous fâchez pas, Imogène	647	75
Le nez dans la luzerne	1597	
Notre Imogène	1070	165
La nuit de Santa Cruz	592	378
Olé! torero...	788	303
On se reverra, petite	824	47
Le petit fantôme de Canterbury	1392	
La petite fille à la fenêtre	1188	239
Plaies et bosses	919	59
Le plus beau des Bersagliers	779	88
La plus jolie des garces	1728	
Porridge et polenta	1291	345
Pour Belinda	975	393
Pour ses beaux yeux	1167	
Pourquoi tuer le pépé?	1220	256
Le quadrille de Bologne		102
Quand Mario reviendra	1240	318
Quel gâchis, inspecteur	814	39
Qui veut affoler Martine?	1278	336
Le quintette de Bergame	978	181
Le sage de Sauvenat	1667	
Sainte Crapule	1256	327
Le temps se gâte à Zakopane		92
Ton amour et ma jeunesse	1227	247
Tout le monde l'aimait	1086	205
Trahisons en tout genre	1566	
Tu n'aurais pas dû, Marguerite	1430	
Un bien bel homme	1116	277
Un cœur d'artichaut	1536	487
Un joli petit coin pour mourir	1020	190
Une brune aux yeux bleus	935	71
Une petite morte de rien du tout	893	414
Une ravissante idiote		114
Une vieille tendresse	1645	
Vous manquez de tenue, Archibald	872	384
Vous souvenez-vous de Paco?	616	5
Le voyage inutile	925	441

EXBRAYAT

QUEL GÂCHIS, INSPECTEUR !

LIBRAIRIE DES CHAMPS-ÉLYSÉES

PRINCIPAUX PERSONNAGES

LARRY HENDERSON. – *Représentant de commerce.*
JOYCE HENDERSON. – *Sa femme, institutrice à Watford.*
Superintendant RICHARD BOLTON, *de Scoltland Yard.*
JANET BOLTON. – *Sa femme.*
Inspecteur CHRISTOPHER MORTLOCKE, *de Scotland Yard.*
GLADYS GILMON. – *Voisine des Henderson.*
BENNY. – *Son fils.*
Sergent BRADLEY. – *De la police de Watford.*
MELVIN DAVIS. – *Propriétaire du* Rogue's March *dans Soho.*
BARBARA COKBURN. – *Sa fiancée.*
PERRY SLADER
SWAN LAKE *Employés de Davis.*
GEORGE PHIPPS

CHAPITRE PREMIER

L'inspecteur Christopher Mortlocke ne passait pas, parmi ses collègues du Yard, pour un joyeux drille. Depuis dix ans dans la police, Chris n'avait jamais pu se faire un ami, car jamais il n'avait rencontré quelqu'un capable d'aller au-delà de son air morose, de son apparente indifférence, de son humeur peu aimable. Tous ceux ayant essayé de nouer avec Mortlocke des relations sur un autre plan que celui du métier durent abandonner leurs tentatives. Lorsque l'inspecteur s'était marié, quelque cinq années plus tôt, seul l'inspecteur-chef Richard Bolton avait assisté à son mariage. Les autres se contentèrent de plaindre la jeune épousée, Suzan, en se demandant ce qui avait bien pu la séduire dans la terne personnalité de Chris. Ce dernier ne possédait quoi que ce soit pouvant attirer le regard ou retenir l'attention, ce qui est parfait pour un policier en vue de ses tâches journalières, ce qui l'est moins pour plaire à des jeunes femmes aussi écervelées que Suzan. Ce qui devait arriver arriva, après deux années passées auprès de Chris, dans l'espoir qu'il deviendrait quelqu'un, la jeune femme était partie. Sans doute se figurait-elle qu'un homme du Yard ressemblait à ces détectives privés qui encombrent le folklore cinématographique et qui ne descendent de confortables automobiles que pour entrer dans des restaurants à la mode. Au lieu de cela, elle se rendit compte que son mari n'était qu'un fonctionnaire comme tous les fonctionnaires britanniques. Elle s'avoua, la rage au cœur, qu'elle aurait tout aussi bien pu épouser un postier ou un employé d'un quelconque ministère. Elle finit par le dire à Chris en même temps qu'elle lui annonçait son intention de divorcer. Avant de donner sa réponse, il s'examina longuement dans la glace de sa chambre. De taille moyenne, il ne ressemblait en aucune façon à un acteur de cinéma, mais à l'Anglais quelconque qu'on rencontre par milliers d'exemplaires à l'heure de la rentrée ou de la sortie des bureaux. S'il portait un chapeau mou plutôt qu'un melon, cela ne le nimbait pas d'un air plus romantique pour autant. Sa force physique n'avait rien d'exceptionnel et son visage se révélait assez quelconque pour passer inaperçu. Il n'aimait guère s'amuser et rêvait d'un foyer où on le dorloterait, où une femme dévouée lui donnerait de solides garçons qui deviendraient de bons policiers. Il convint que de toute évidence, Suzan ne pouvait jouer ce rôle et lui rendit sa liberté. De ce petit drame, très peu parmi les collègues de Mortlocke furent au courant, et ceux qui l'apprirent ne s'en soucièrent guère ou au contraire, ricanèrent en déclarant que ce n'était pas étonnant car, à leur avis, ils ne voyaient pas comment quelqu'un de bien équilibré pouvait vivre aux côtés de l'inspecteur Chris Mortlocke. Seul, l'inspecteur-chef Richard Bolton soupçonna le drame et au lendemain du prononcé du divorce convoqua son subordonné. Pour la première fois, il l'appela par son prénom.

– Christopher, je tenais à vous dire simplement ceci : il n'y a pas déshonneur à s'être trompé. Un échec ne présage en rien de l'avenir. Parce que je suis votre aîné et que je vous considère comme un de mes meilleurs inspecteurs, je me permets de vous conseiller de ne pas vous abandonner à des regrets inutiles. Il ne manque pas de braves filles qui seraient heureuses d'épouser un brave garçon et qui se montreraient sensibles à vos qualités d'homme... J'ai voulu vous exprimer ma façon de penser, Christopher, afin que vous sachiez que vous avez un ami en ma personne... Janet, ma femme, serait très contente, je crois, si samedi vous veniez dîner à la maison.

Lorsque Chris Mortlocke les eut quittés après des remerciements maladroits mais sincères pour le bon moment passé en leur compagnie, Janet Bolton résuma son opinion sur leur hôte d'un soir :

– Ou ce garçon est un sot ou il est bourré de complexes!

Allumant sa dernière pipe avant d'aller se coucher, Richard répliqua :

– Mortlocke est bien loin d'être bête, mon petit... Mais je crois que c'est l'homme d'un seul but, d'une idée fixe... J'envierais celle qu'il aimerait et qui lui rendrait son affection... Je plaindrais celui qui déclencherait sa haine... Sous ses apparences calmes, presque détachées, j'estime Mortlocke capable d'efforts hors du commun si ce qu'il entreprend lui tient vraiment à cœur.

Mrs. Bolton nourrissait la plus aveugle confiance dans les jugements de son mari et se promit de s'intéresser de plus près à Christopher et même, dès ce moment, elle pensa à deux ou trois de ses anciennes amies de collège, pas encore pourvues de mari et qui, le cas échéant... Janet adorait marier les gens. Les complexes de l'inspecteur, elle en faisait son affaire!

Peu à peu, au fil des mois, des saisons, puis des années, Mortlocke devint un familier des Bolton. A leur contact, il perdit sa réserve. Au bout de deux années, il apparaissait complètement transformé. Sur les conseils de Janet, il prêtait plus d'attention à sa toilette et, ayant oublié complètement son échec avec Suzan, il commençait à accepter l'hypothèse d'un nouveau mariage auquel la femme de son supérieur promit de mettre la main. Au Yard, les collègues de Chris revenaient lentement de leurs préventions à son égard. Le jour où Richard fut nommé superintendant, ils fêtèrent cette nomination tous les trois en s'offrant un bon dîner dans Soho. Au dessert, Bolton apprit à Mortlocke qu'il ne tarderait pas à lui succéder dans le poste d'inspecteur-chef. On attendait simplement de lui une réussite dans une quelconque affaire, réussite qui légitimerait aux yeux des autres sa promotion.

Un jour d'avril, les services du Yard, furent alertés pour une histoire proprement ignoble, de celles qui mettent les nerfs de l'opinion en boule et pour laquelle on sent une volonté unanime de voir châtier durement le coupable. Dans la banlieue d'Harrogate, une voiture conduite par un homme sans doute ivre avait écrasé une femme et le bébé qu'elle promenait dans son landau. Au lieu de s'arrêter, le chauffard s'était enfui et la police locale piétinant, on appela le Yard à la rescousse. Bolton, cherchant à faire briller son adjoint, expédia Mortlocke en compagnie du sergent Held sur les lieux; l'enquête s'avéra décevante. Personne n'avait rien vu. Le mari de la victime, interrogé, demeurait plongé dans une sorte de stupeur dont les questions des policiers eurent bien du mal à le sortir. Comptable dans une usine de la région, il n'avait pu accompagner Marjorie, sa femme, chez leurs amis Morgan où l'on devait fêter les douze mois révolus d'Amy, le bébé mort avec sa mère. C'est vers vingt-trois heures que des voisins, eux-mêmes alertés par un automobiliste, étaient venus chercher Mr. Sharp pour lui apprendre, avec le plus de ménagements possible, l'affreuse nouvelle. L'automobiliste, interrogé à son tour, déclara que, sans le landau, il aurait bien pu passer sur les cadavres de la mère et de l'enfant. On examina la voiture de cet homme. Elle ne révéla aucune tache suspecte. Pour les habitants de cette banlieue d'Harrogate, le chauffard, supposé étranger à la région, avait perdu la tête en face de la catastrophe, et s'était sauvé. L'inspecteur et le sergent se rendirent chez tous les garagistes des environs pour essayer de savoir si on leur avait conduit une auto présentant des traces de choc. La seule voiture accidentée au cours des dernières semaines appartenait au jeune Clarence May, le fils d'un pharmacien d'Harrogate qui, en compagnie de copains aussi fous que lui, s'était écrasé contre un arbre, mais l'accident remontait à une date bien antérieure à celle de la mort de Mrs. Sharp et de son bébé. En bref, une affaire insoluble. Mortlocke rentra à Londres fort dépité. Encore un crime dont le coupable ne serait jamais puni. Les services spéciaux reçurent des consignes pour continuer l'enquête classique avant de clore le dossier sur un échec accepté. Un moment enfiévrée, l'opinion se calma pour se passionner au sujet du prochain mariage de Melvin Davis, un gangster bien connu à Soho, qui, à cinquante ans, après avoir passé une dizaine d'années de son existence dans les prisons de Sa Majesté, se décidait à faire une fin. Il ouvrait un bar à l'enseigne de *The Rogue's March* (1) et se fiançait à Barbara Cockburn que l'âge écartait des scènes du music-hall où elle avait descendu tous les degrés de l'échelle du succès. De vedette de revue, dix années plus tôt, elle était tombée au rang de streep-teaseuse dans un boui-boui de dernier ordre. Mais Melvin avait connu Barbara quand elle était une gosse de son quartier et avec elle, il savait n'avoir aucune complication à redouter. L'aventure du gangster comportait un épilogue édifiant qui réjouissait les bonnes âmes de Soho et incitait les autres à ricaner.

(1) *La Marche du Coquin,* air de musique exécuté quand on expulse un mauvais sujet d'un régiment ou d'un navire.

Parmi ceux-ci, Chris Mortlocke.

Quelques jours après l'enquête stérile de Mortlocke à Harrogate, une femme se présenta un samedi matin au Yard, demandant à parler au policier s'occupant de l'affaire de la mère écrasée avec son bébé. En l'absence du sergent Held, chargé à l'ordinaire de filtrer les quémandeurs et autres visiteurs n'ayant le plus souvent rien à dire et parce que Bolton n'était pas là non plus, Chris accepta de recevoir la personne disant se nommer Joyce Henderson et exercer les fonctions d'institutrice à Watford dans une école publique.

Tout de suite, Mortlocke fut frappé par l'allure de Mrs. Henderson. Rien cependant dans sa tenue, ni dans sa toilette, ne suscitait l'admiration, voire le simple intérêt. Elle était vêtue d'une façon fort discrète comme doit s'habiller une institutrice qui, sans témoigner d'un mauvais goût assuré, ne tient pas à être remarquée. Sa figure ne pouvait passer pour exceptionnelle. Les traits en étaient réguliers et ils eussent paru banals s'ils n'avaient été éclairés par des yeux que, tout de suite, l'inspecteur jugea les plus beaux qu'il ait jamais eu l'occasion de voir. Grands, leur lumière s'estompait sous des cils soyeux. Quand Mrs. Henderson vous regardait, on avait l'impression d'une chaleur amicale, réconfortante. D'entrée, Chris perdit sa raideur coutumière. Elle s'assit sur la chaise que l'inspecteur lui désignait et son sac ramené sur ses genoux, elle faisait penser à la pensionnaire d'un couvent religieux où l'on ne plaisanterait pas sur la modestie du maintien.

— Que puis-je pour vous, Mrs. Henderson?

Elle chuchota plutôt qu'elle ne dit :

— J'ai peur.

Et vraiment, elle semblait éprouver une crainte sérieuse. Un peu étonné, Mortlocke faillit lui répondre durement, mais cette femme assise devant lui paraissait effectivement en proie à une angoisse qui touchait d'autant plus qu'elle se manifestait sans éclat.

– Vous êtes au Yard, Mrs. Henderson... et je ne pense pas que vous y puissiez craindre quoi que ce soit.

– Ce n'est pas pour moi que j'ai peur, sir, mais pour mon mari...

– Ah?... Voyons, procédons par ordre...

Il attira à lui un bloc de papier et un stylo.

– Qui est votre mari?

– Larry Henderson... Il est représentant de la maison Smith and Brown, le matériel de jardinage.

– Quel âge?

– Cinquante-deux ans.

– Bonne santé?

– Physique, oui.

– Dois-je comprendre que moralement?

– Larry a été blessé durant la guerre, dans un commando, puis fait prisonnier. Il a subi un traitement terrible... Il en a gardé une sorte de sauvagerie l'inclinant à redouter le contact avec ses semblables... Oh! n'allez pas vous imaginer qu'il me cloître! Pas du tout... Nous avons des amis... Nous recevons quelquefois pour le thé... Nous nous rendons chez eux... Mais Larry fuit toutes les discussions... Il a pris une sorte d'horreur des responsabilités quelles qu'elles soient... Je pense que cela tient à ce qu'un jour, parmi les prisonniers, ses camarades, il a été obligé de désigner une équipe – sur l'ordre des Allemands – pour une mission dangereuse et dont aucun n'est revenu... Depuis ce moment-là, il a fui tout poste d'autorité. Chez Smith and Brown où l'on apprécie ses qualités, il aurait pu accéder à des emplois importants. Il a toujours décliné les offres qui lui furent faites en ce sens, préférant son métier de représentant où il est seul et n'a personne à commander.

– Je vois... Et chez lui?

Elle eut un pauvre sourire.

– C'est l'homme le plus facile à vivre et bien que nous ayons vingt années de différence, c'est moi qui dirige tout. Non par goût, mais parce qu'il faut bien, n'est-ce pas, que quelqu'un décide?

– Evidemment. Vous n'avez jamais tenté de... enfin, de le ramener à une plus saine compréhension de la vie?

– Pendant des années, mais en pure perte. Larry m'aime beaucoup, du moins je n'ai pas de raison de douter de sa tendresse. Moi-même, je lui suis profondément attachée. Je dirais que mes sentiments pour lui sont plus ceux d'une mère que d'une épouse. Il travaille. Il est droit, honnête, franc... mais s'écarte de tout ce qui pourrait l'engager en quoi que ce soit. Avec cela, très opiniâtre. Je pense que rien ne le convaincra jamais d'abandonner une position délibérément choisie.

– Voilà un excellent tableau, Mrs. Henderson... et physiquement, comment se présente votre mari?

Elle réfléchit une seconde.

– C'est curieux... Il est très difficile à décrire... On dirait, ma foi, que son neutralisme intérieur a déteint sur son aspect. Personne ne remarque Larry. Dès qu'il y a plusieurs personnes autour de lui, il disparaît, il se fond avec le décor. Voyez-vous ce que je veux dire?

– Très bien.

Mortlocke faillit faire remarquer à sa visiteuse qu'elle avait un peu de son époux sur ce point et qu'à part ses yeux, il était quasiment impossible de retenir quelque chose d'elle.

– J'imagine, Mrs. Henderson, que vous êtes venue nous voir pour autre chose que pour nous tracer un portrait psychologique de Mr. Henderson car nous ne sommes pas des psychiatres au Yard.

– Je sais, sir... Si j'ai peur c'est que je suis partagée entre le désir de voir châtier un criminel et la crainte de mettre la vie de mon mari en danger par ma démarche.

Brusquement, Chris s'aperçut que Mrs. Henderson pleurait. Des larmes d'autant plus touchantes qu'elles ne s'accompagnaient point de sanglots. Un désespoir discret comme toute la personne de l'institutrice de Watford. Suzan n'avait pas habitué Mortlocke à cette retenue. Il lui suffisait de fermer les yeux pour réentendre ses cris, ses invectives, ses menaces. Les femmes comme Mrs. Henderson sont quand même plus reposantes. Devant ce chagrin bien élevé, l'inspecteur ne sut plus que dire. Il songea que peut-être, il devrait se lever et tapoter affectueusement l'épaule de Mrs. Henderson pour bien lui montrer sa sympathie, mais il n'osa pas et se contenta de répéter :

– Allons, Mrs. Henderson... Allons... Je vous en prie, Mrs. Henderson...

L'institutrice s'imposa un effort visible.

– Excusez-moi, sir... Je suis vraiment confuse... Ce n'est pas dans mes habitudes, vous savez... mais je suis à bout... Il y a deux nuits que je ne dors pas.

– Et si vous me racontiez tranquillement ce qui vous tourmente?

– Je vais essayer.. En tant que représentant de Smith and Brown, mon mari a - par suite de son ancienneté dans la maison et aussi, je suppose, à cause de ses qualités – eu le droit de choisir son terrain de chasse comme il qualifie les régions affectées aux représentants de la firme. Parce qu'il est né à Leeds, Larry s'est décidé pour le Yorkshire et le Lancashire. Il part tous les mardis matins et rentre le vendredi soir ou le samedi matin.

– Ce n'est pas un existence très gaie pour vous?

Elle eut un pâle sourire.

– J'y suis habituée depuis dix ans que nous sommes mariés, Larry et moi. Il y a près d'un mois... peut-être cinq semaines, il est rentré un samedi matin très en retard à Watford avec l'air d'avoir eu un coup dur... D'ordinaire, nous sortons le samedi en début d'après-midi pour procéder à nos emplettes. Ce samedi-là, il a refusé de m'accompagner et lui qui ne boit pratiquement jamais, a vidé presque toute une bouteille de whisky durant mon absence de l'après-midi... Je ne lui en ai pas parlé... Larry est ainsi bâti qu'il ne vous prend pour confident que s'il en a réellement envie. J'ai attendu. Une soirée affreuse. Je le vois encore dans son fauteuil, oubliant de fumer sa pipe qu'il rallumait sans cesse. Pendant des heures, j'ai espéré qu'il m'avouerait ce qui le préoccupait, en vain. De guerre lasse, je lui souhaitai le bonsoir lorsqu'il me prit la main. Encore un geste qui n'est pas dans ses habitudes. Puis, très vite, comme s'il avait hâte de se débarrasser d'un fardeau pesant, il m'avoua qu'il connaissait le meurtrier, celui qui avait écrasé une femme et un enfant à Harrogate.

Mortlocke ne put retenir une exclamation. Depuis qu'il exerçait son métier, il n'avait jamais rencontré cette fameuse chance, ce hasard complice qui vient en aide à tant d'enquêteurs. L'institutrice de Watford lui apportait-elle sa revanche?

– Voilà qui devient passionnant, Mrs! Je vous en prie, continuez!

– Larry a l'habitude de coucher au *Pot d'Etain* à Harrogate. Mon mari est un homme qui ne modifie que rarement ses emplois du temps. Ce soir-là, ayant été retenu à dîner par un de ses anciens clients de Ripon, il rentrait en pleine nuit. Un peu avant d'entrer dans Harrogate, il fut doublé par une Hillman qui roulait à grande vitesse. Quelques secondes plus tard, il a entendu un hurlement en même temps que le bruit de freins qu'on bloquait. Presque tout de suite, il est arrivé sur la Hillman arrêtée. Il est descendu et immédiatement, il a vu les cadavres. Il s'en approchait lorsque le propriétaire de la Hillman s'est dressé devant lui, se contentant de dire :

« Une sacrée guigne... Aussi, a-t-on idée de se balader sur les routes avec un gosse à une heure pareille et sans lumière? » Mon mari a voulu se rendre compte si l'on pouvait tenter quelque chose pour ces malheureux, mais l'homme l'a retenu par l'épaule de sa veste, déclarant : « Ils sont morts, mon vieux. Le mieux que vous ayez à faire, c'est de remonter dans votre brouette et de filer vous coucher en oubliant tout ça, hein? » Larry a voulu protester, alors le type a sorti un revolver : « Vous ne tenez pas absolument à mourir, hein? Alors, taisez-vous... Ces deux-là, plus personne ne peut rien pour eux. C'est un accident que je regrette. Un point c'est tout. Maintenant, disparaissez Mr. Henderson, de Watford... »

– Il connaissait votre mari?

– Il avait lu la plaque où sont gravés notre nom et notre adresse... Comme Larry ne paraissait pas tellement enclin à obéir, le chauffard a spécifié : « Je vais me débiner de mon côté, mon pote... Si jamais j'apprends que t'as voulu montrer du zèle en renseignant la police, par exemple, t'auras de gros, de très gros ennuis... Compris? » Alors Larry est remonté dans sa voiture. Seulement, toute la nuit, il s'est battu contre lui-même. Sa conscience lui reprochait sa couardise et, en même temps, son naturel lui conseillait de ne pas se mêler à cette histoire... Quoi que vous en puissiez penser, sir, mon mari n'est pas un lâche... Mais devant la moindre démarche l'engageant si peu que ce soit, il est frappé d'inhibition. Ce soir-là, nous nous sommes disputés. Je voulais qu'il se rende à la police, mais il m'a répondu qu'il nierait tout. Nous ne nous sommes pas adressés la parole pendant trois jours. Et puis peu à peu, nous avons feint d'oublier, mais quelque chose s'est brisé entre nous. Je n'ai plus confiance en Larry,... Seulement de la pitié... une immense pitié.

– Je vous comprends, Mrs... Mais puis-je vous demander pour quelles raisons vous venez me raconter cela avec cinq semaines de retard?

– Parce qu'avant-hier, dans le journal, Larry a vu la photo de l'homme d'Harrogate.
– L'écraseur?
– Oui.
– Dans le journal? à quelle rubrique?
– Celle des mariages.
– De qui s'agit-il? Mrs. Henderson, vous devez me le dire!
Elle eut une imperceptible hésitation qui n'échappa pas à l'inspecteur et tout d'un coup lâcha le nom :
– Melvin Davis.
Chris resta sans voix sur le moment. Melvin Davis!... Depuis le temps qu'il le guettait celui-là! Avait-il assez été dépité de voir le gangster s'installer, confortablement, dans une existence semi-bourgeoise, en dépit de son lourd passé! Coincer Melvin Davis au moment où il se pensait définitivement à l'abri de la loi, quel rêve!
– Mais, Mrs. Henderson, n'est-ce pas en pleine nuit que votre mari a rencontré l'homme qu'il estime être Davis?
– Si... mais Larry ne s'aventure jamais dans l'obscurité sans une lampe. Encore une séquelle de la guerre... Il a éclairé le visage de Davis qui s'est mis en colère.
– Ecoutez, Mrs. Henderson : nous tenons à envoyer Davis encore pendant quelques années en prison. Nous sommes plusieurs à enrager en réalisant qu'il risque de profiter tranquillement du bien mal acquis... Drogue, alcool, prostitution, tout lui a été bon pour ramasser de l'argent. Des centaines de malheureux et de malheureuses sont morts ou se sont dégradés pour que Melvin Davis puisse jouer les retraités. C'est en leur nom, Mrs. Henderson, que je vous adjure de convaincre votre mari de témoigner.
Elle secoua la tête.
– Je voudrais pouvoir vous répondre oui, mais Larry ne cédera pas. Je le connais trop bien.

– Et si je lui parlais?
– Vous perdriez votre temps.
– Me permettriez-vous quand même d'essayer?
– Je ne vois pas de raison de m'y opposer... Nous habitons Watford, dans Grégory Lane, au 167.
– Si mon chef hiérarchique est d'accord, j'irai vous rendre visite samedi prochain.
– Sous quel prétexte?
Chris resta coi. C'est vrai, pour cet étrange Larry Henderson, il fallait justifier sa visite, sinon il se refermerait tout de suite dans sa coquille. Joyce vint au secours du policier.
– Avez-vous des enfants, sir?
– Non... Je n'ai pas été marié assez longtemps... et je ne pense pas que celle qui s'appelait alors Mrs. Mortlocke eût accepté des gosses qui auraient risqué de la gêner dans ses habitudes.
L'institutrice ne répliqua point, ne se permit aucun commentaire, mais à la seule manière dont elle le regarda, Chris comprit qu'elle compatissait à ses ennuis. Il ajouta :
– Je crois que j'aurais aimé être papa...
– Assez pour pouvoir parler de votre petite fille... qui n'existe pas?
– Pardon?
– Vous sentez-vous capable de vous présenter chez nous comme un gentleman nouvellement installé à Watford et qui doit mettre sa fillette dans ma classe? Que vous teniez à faire ma connaissance est normal... Arrivez à l'heure du thé. Ainsi, je vous retiendrai sans que cela paraisse anormal à Larry.
– Comptez sur moi.
– Attention! Je vous poserai des questions sur l'établissement fréquenté jusqu'ici par votre petite... Votre petite comment, au fait?
– Eh bien! disons... Kate, c'est le prénom de ma mère.
– Va pour Kate... Soyez chez nous vers cinq heures.

— J'y serai, soyez-en sûre! Pour passer les menottes une nouvelle fois à Melvin Devis, j'irais à Watford sur les genoux! Mais, ne m'aviez-vous pas confié que vous aviez peur?

— Si... mais sans doute, l'atmosphère de ce bureau, votre volonté d'en finir avec cet homme m'ont-elles revigorée au point de me faire passagèrement oublier mes craintes... qui m'attendent dehors.

— Qu'est-ce qui ne va pas, Mrs. Henderson, en dehors de vos problèmes avec votre mari?

— Je crains que cet assassin, à qui je puis maintenant donner un nom, veuille s'assurer du silence définitif de Larry. Il sait que tant que Larry sera en vie, il pourra toujours, à un moment ou à un autre, se décider à parler, à dire ce qu'il sait.

— Pourquoi redoutez-vous cette éventualité?

— J'ai l'impression d'avoir vu des inconnus rôder autour de notre maison.

— Pouvez-vous me les décrire?

— Non... Depuis deux ou trois jours, il me semble remarquer des ombres, après la tombée de la nuit... des ombres furtives... Vous comprenez, je ne suis pas certaine que ce ne soit pas une illusion... mais s'il s'agissait de la vérité? Comment mettre mon mari en garde?

— Souhaitez-vous que je fasse surveiller votre maison?

— Ce serait possible?

— La nuit, tout au moins, et pendant un certain temps. Disons jusqu'à ce que vous soyez rassurée.

— Je n'osais pas venir déranger l'un de vous, maintenant je m'en félicite. Vous vous êtes montré si compréhensif... Je ne sais comment vous remercier.

— Si je colle Davis dans le trou, c'est moi qui vous remercierai, Mrs. Henderson!

Lorsque l'institutrice de Watford se fut retirée, Chris ne parvint pas à fixer tout de suite ses pensées sur cette nouvelle occasion qui lui était offerte de triompher définitivement de Melvin Davis. Il songeait à Joyce Henderson et se disait que s'il avait eu la chance de rencontrer une Joyce Henderson au lieu d'une écervelée comme Suzan, il aurait été heureux. Se laissant aller, il rêvait à ce qu'eussent été ses retours, le soir, dans son appartement de Hammersmith. Une Mrs. Mortlocke – qui ressemblait beaucoup à Joyce Henderson – l'accueillerait, lui demanderait des nouvelles de son travail pendant que leur fille, la petite Kate, irait lui chercher sa pipe et ses pantoufles.

En entrant dans le bureau de son subordonné, le superintendant Bolton l'arracha à ses songes.

– Rien de spécial, Chris?

– Si... une histoire assez extraordinaire.

– Oh! Oh! vous m'alléchez!

– Une occasion de coincer Melvin Davis.

– Fichtre!... Venez dans mon bureau!

Lorsqu'ils furent installés, Bolton téléphona pour dire qu'il ne voulait être dérangé sous aucun prétexte. Ayant reposé le combiné, il se tourna vers Mortlocke.

– Je vous écoute, Chris.

Et l'inspecteur parla. Le superintendant, les yeux mi-clos, l'écouta sans manifester le moindre sentiment. Lorsque Mortlocke eut terminé son récit par l'exposé de ce qu'il comptait entreprendre, Richard Bolton donna son avis.

– Vous rendez-vous compte, Chris, que vous m'avez surtout parlé de cette Mrs. Henderson qui semble avoir fait sur vous une impression profonde? Vous êtes mûr pour le mariage, mon garçon, et voilà une nouvelle qui va enchanter Janet lorsque je la lui rapporterai.

Chris rougit et le superintendant éclata de rire.

– Je plaisante, mon vieux, ne vous fâchez pas. Je vous souhaite de ne pas tomber amoureux d'une femme mariée et qui, de plus, paraît aimer beaucoup son mari. Il est hors de doute que cet Henderson est un malade qui vit dans une phobie perpétuelle des responsabilités. Essayez de le convaincre de témoigner si vous le pouvez, mais je connais ce genre de névrosés, et je doute que vous y parveniez. Vous avez sagement agi en promettant de faire surveiller la maison. Je téléphonerai à Watford pour donner des instructions en ce sens. Reste Melvin Davis. Je sais que vous ne le portez pas dans votre cœur et que les rares échecs de votre carrière lui sont imputables. Ce n'est pas une raison pour vous lancer sur lui à l'aveuglette. N'oubliez pas que dans notre métier, les sentiments personnels ne doivent pas entrer en ligne de compte, hein? Evidemment, si vous réussissez à convaincre Davis de meurtre devant un jury, c'est le grade d'inspecteur-chef que vous décrochez immédiatement, mais ne prenez surtout pas vos désirs pour des réalités. Vous pensez bien que depuis cinq semaines, Davis a dû s'occuper de sa voiture et que toute trace de l'accident a disparu.

– Je peux tenter de remonter jusqu'au mécanicien qui s'est chargé de la besogne?

– Difficile. Ces gens-là ont des gars qui travaillent pour eux et qui sont suffisamment payés pour savoir se taire.

– Alors, vous êtes d'avis de laisser tomber?

– Sûrement pas, Chris! et abandonnez cet air réprobateur... Dans cinq minutes, vous allez m'accuser de vouloir protéger Davis! Ce que je vous demande, c'est d'avancer sur la pointe des pieds. Pour l'heure, il m'apparaît difficile de tenter quoi que ce soit de positif du côté de Melvin Davis. Attaquez à Watford et si le dénommé Henderson s'entête à ne pas faire preuve de sens civique, nous en reparlerons et nous aviserons. Mais jusque-là, croyez-moi, laissez Davis tranquille. Toute démarche n'aurait pour résultat que de lui mettre la puce à l'oreille.

Chris Mortlocke ne se reconnaissait plus. Quoi qu'il fasse, quoi qu'il tentât d'entreprendre, il ne pouvait s'empêcher de rêver à Joyce Henderson et le temps lui durait d'être au samedi suivant. C'était stupide et il s'en rendait parfaitement compte sans parvenir pour autant à détacher ses pensées de l'institutrice aux beaux yeux apeurés. Chaque matin, il téléphonait à la police de Watford qui, invariablement, lui répondait que la nuit s'était déroulée calmement et que rien de suspect n'avait été remarqué aux alentours du logis des Henderson. L'inspecteur ne réussissait pas à savoir si ces nouvelles rassurantes l'enchantaient ou suscitaient en lui des regrets. Au fond de son cœur, il souhaitait que Joyce et son mari fussent en danger. Ainsi, il pourrait se précipiter à leur secours. Il n'osait pas s'avouer qu'on pourrait éliminer Larry sans qu'il s'en indignât outre mesure. Et puis, Henderson éliminé, Joyce redeviendrait libre... Honnête homme, le policier éprouvait une grande honte de pareilles pensées, mais il se sentait incapable de s'opposer à leur venue.

Le samedi, il se présenta à seize heures au bureau de police de Watford où on le reçut amicalement. Comme il s'inquiétait des Henderson, le sergent Bradley, qui était de service, le rassura :

– Je pense, inspecteur, que Mrs. Henderson, pour des raisons que j'ignore, s'est monté la tête. C'est bien souvent que des gens – des femmes surtout – viennent nous raconter que des inconnus tournent autour de chez elles. On finit par ne plus comprendre si elles ont peur ou si elles sont ravies de cette marque d'attention un peu particulière.

– Vous connaissez les Henderson, sergent?

– Elle, surtout, parce que je vais souvent me promener aux abords de l'école à l'heure de la sortie des élèves. Je crois que c'est une personne bien. En tout cas, je n'ai jamais rien entendu dire sur son compte. Sa directrice la donne en exemple à ses collègues débutantes, et les plus mauvaises langues n'ont pas encore trouvé le moyen de clabauder à son sujet. Une bonne preuve d'estime, soyez-en persuadé!

– Et lui?

– Un ours! Tout juste s'il vous rend votre salut quand vous le rencontrez, et s'il n'y avait pas Mrs. Henderson, chaque fois qu'on frappe à sa porte pour lui demander son obole en vue d'une fête ou d'un secours quelconque, il n'ouvrirait même pas. Un drôle de zèbre, si vous voulez mon avis!

Chris savourait une sorte de plaisir malsain à écouter le sergent dauber sur Larry Henderson. Il était certain que cet homme ne méritait pas une femme comme Joyce, et de l'entendre affirmer par autrui lui réchauffait le cœur. S'il n'avait pas promis tacitement à Mrs. Henderson de ne point ennuyer son mari, il se serait offert le plaisir de dire à ce gentleman ce qu'il pensait de sa conduite, indigne d'un citoyen britannique.

Les Henderson habitaient une petite maison banale dont Chris poussa l'inévitable portail de bois blanc ouvrant sur l'ordinaire jardinet avec sa pelouse minuscule, ses lupins et son rhododendron. Il grimpa le classique perron de trois marches qu'abritait un auvent de tuiles, et sonna à la porte des Henderson. Joyce lui ouvrit, jouant la surprise :

– Vous désirez, sir?

– Je souhaiterais parler à Mrs. Henderson.

– C'est moi-même.

– Je me nomme Christopher Bennett. Je suis fonctionnaire de la police et dois, en cette qualité, occuper un poste à Watford. Or, j'ai une petite fille, Kate, que je compte mettre dans votre classe. J'aimerais vous en parler, si cela ne vous dérange pas?

– Je vous en prie, Mr. Bennett, entrez, je vous en prie.

L'institutrice se donnait du mal pour paraître

naturelle, mais on voyait qu'elle réfrénait difficilement une forte envie de rire. Chris jugea que c'était une femme incapable de dissimuler et nota que la gaieté répandue sur son visage la rendait plus jeune. Le living-room où l'inspecteur prit place dans un fauteuil style Chippendale s'affirmait d'une honnête banalité. On y trouvait tout ce qui était nécessaire au confort britannique, mais sans la moindre note d'originalité.

– Nous allions prendre le thé, mon mari et moi, Mr. Bennett. Voulez-vous accepter de le partager avec nous?

– Ce sera avec plaisir, Mrs., si je ne suis pas indiscret.

– Pas du tout. Larry?

Mr. Henderson pénétra à son tour dans la pièce et marqua quelque surprise de la présence de cet étranger. Joyce procéda aux présentations.

– Mon mari, Larry Henderson.

– Mr. Bennett, de la police de Watford.

Tout de suite, Mr. Henderson se troubla.

– La police?... Nous n'avons rien à faire avec la police, que je sache?

Il tournait un regard angoissé vers sa femme et Mortlocke comprit à quel point cet homme était malade. Il tint à le rassurer immédiatement, car il ne s'agissait surtout pas de l'effrayer s'il espérait le mettre en confiance.

– Ce n'est pas au titre de policier que je suis ici, Mr. Henderson, mais comme père d'une jeune Kate qui va débuter dans la classe que dirige Mrs. Henderson.

– Ah! bon...

Larry parut soulagé et, retrouvant son sang-froid, s'excusa de sa tenue.

– Pardonnez-moi de prendre le thé dans cet accoutrement, mais je suis un bricoleur et le samedi soir, je me livre à mon passe-temps.

– J'aimerais bien, moi aussi, savoir me servir de

mes mains pour bricoler. Cela doit détendre merveilleusement.

Henderson, mis sur le thème qui lui était cher, se laissa aller et Mortlocke l'écouta discourir outils, bois, fer, etc., sans l'écouter vraiment. Lorsque le maître de maison se tut, Chris parla de sa fille imaginaire à Mrs. Henderson, qui évita de lui poser des questions trop précises. Le problème Kate réglé, la conversation s'orienta sur les tâches incombant au pseudo-Bennett.

– Oh! vous savez, la recherche des criminels – grâce à Dieu – n'est qu'un côté épisodique de nos activités.

Joyce qui jouait parfaitement le jeu, enchaîna :

– Et qu'est-ce qui vous prend le plus clair de votre temps?

– Les accidents... de la circulation.

L'inspecteur sentit se raidir Larry Henderson, qu'il s'obligeait à ne pas regarder.

– ... C'est tous les jours, ou presque, que nous sommes appelés à établir des constats, à alerter des ambulances. Encore quand on a affaire à des gens raisonnables, cela peut passer, mais trop souvent, on tombe sur des mauvais coucheurs qu'on a toutes les peines du monde à empêcher d'en venir aux mains, chacun étant, bien entendu, sûr de son droit.

Fébrile, le maître de maison ne cessait de tourner sa cuillère dans sa tasse vide, sans s'en rendre compte.

– Il arrive aussi, parfois, Mrs., que des chauffards ayant causé un accident se sauvent par peur de leurs responsabilités...

En tombant sur le parquet où elle se brisa, la tasse de Larry fit entendre un son clair qui inter rompit la conversation. Chris demanda tranquillement :

– Quelque chose qui ne va pas, Mr. Henderson?

Larry s'emporta.

– Et qu'est-ce qui pourrait ne pas aller, à votre

avis? En quoi m'intéressent-elles, vos histoires?

L'institutrice voulut intervenir, mais Mortlocke, d'un geste, la pria de se taire. Il voulait profiter du désarroi de son hôte pour tenter de le convaincre.

– Elles intéressent tous les bons citoyens, Mr. Henderson, et je suis sûr que vous-même, si vous voyiez un chauffard écraser quelqu'un...

– Taisez-vous!

Dressé, blême, tremblant, Henderson donnait l'impression d'être sous l'emprise d'une terreur folle.

– Vous êtes venu pour me tendre un piège, hein?

– Je ne comprends pas, Mr. Henderson?

Chris crut tout de bon que l'autre craquait et qu'il l'amènerait à raconter ce dont il avait été le témoin, mais un coup de sonnette détendit l'atmosphère. Joyce affirma :

– C'est Benny...

Quel qu'il puisse être, le policier maudit ce Benny dont l'intervention permettait à Henderson de se reprendre. Soudainement détendu, Larry changeait de ton :

– Excusez-moi, Mr. Bennett... je suis excessivement nerveux ces temps-ci... Dans... dans ma jeunesse, j'ai... j'ai assisté à un terrible accident d'auto et j'en ai gardé un souvenir épouvantable... Disons que je suis allergique à ces histoires.

On sonna de nouveau.

– Je vais ouvrir...

Il se faufila hors de la pièce, laissant Mortlocke fort dépité en présence de Joyce.

– J'ai bien pensé que ça y était!

– Moi aussi... mais je crains que désormais, il ne se renferme encore plus qu'avant.

On percevait un brouhaha joyeux. Mrs. Henderson sourit.

– Benny est le fils d'une de nos voisines. Un petit garçon de huit ans, mais fort éveillé, qui adore la mécanique. Tous les samedis, il arrive à six heures et reste avec Larry, dans son atelier, jusqu'à ce que sa mère vienne l'y chercher.

Elle ajouta mélancoliquement :

– Je pense que pour Larry, Benny est le petit garçon qu'il aurait aimé avoir et dont la présence eût sans doute modifié complètement notre existence. Merci de votre visite, inspecteur. Je suis confuse de vous avoir dérangé pour rien.

– Cela nous arrive souvent dans notre métier, vous savez... En tout cas, s'il se produisait quelque chose de nouveau, téléphonez-moi. Vous n'avez qu'à demander l'inspecteur Mortlocke. Si je ne suis pas là, on me transmettra le message. Vous voudrez bien m'excuser auprès de votre mari...

– Quand il est à son établi, il oublie le reste du monde!

En exposant le résultat négatif de sa démarche au superintendant Bolton, Mortlocke ne put cacher sa déception, tout en affirmant que sans l'arrivée de ce petit Benny, il aurait peut-être pu décider Larry Henderson à dire ce qu'il savait de l'accident d'Harrogate.

– Je ne le crois pas.

L'inspecteur s'étonna.

– Qu'est-ce qui vous fait penser cela?

– Votre récit, Chris. L'homme, tel que vous me l'avez dépeint, ne réagira jamais plus dans le sens que nous souhaiterions. Il est annihilé par la peur. J'ai même le sentiment que cela tourne à l'idée fixe, puisque la seule allusion aux accidents de voitures le plonge dans les transes. Croyez-moi, Chris, vous perdez votre temps. En dépit de ce que vous tenteriez, Melvin Davis – s'il est bien le coupable – s'en tirerait. Alors, inutile de lui fournir l'occasion de nous ridiculiser.

– Vous êtes donc d'avis qu'on abandonne cette piste?

– Je ne vois pas d'autre solution.

Le ton conciliant de Bolton tranchait avec celui de Mortlocke, nettement plus sec.

— Alors, vous admettez qu'un Melvin Davis s'en tire et puisse assassiner les gens sans encourir le moindre châtiment?

— Allons, allons, Chris... Ne me faites pas dire ce que je ne dis pas. Tout autant que vous et pour d'autres raisons peut-être, je serais heureux de renvoyer Davis au trou. Seulement, pour s'exercer, la justice a besoin, exige des preuves.

— Je les trouverai!

— Je suis sûr du contraire, Chris, et je ne puis vous permettre de perdre votre temps dans une voie sans issue.

— A vos ordres!

Raidi de colère, Mortlocke se leva, salua froidement son supérieur et sortit de la pièce. Au moment où il en franchissait le seuil, le superintendant lança :

— Chris... Cette institutrice vous occupe trop l'esprit pour l'instant. Permettez-moi un conseil...

— Je ne vous le permets pas, sir!

A son tour, Richard Bolton sentit la moutarde lui monter au nez. Mais c'était un homme froid, paisible, qui réfléchissait toujours beaucoup avant d'agir. Il ne rappela pas Mortlocke et se contenta de soupirer, car il éprouvait une réelle affection pour Chris et s'inquiétait de le voir s'embarquer sur des chemins ne menant nulle part. Il regretta une fois de plus de n'avoir pas été là le jour de la visite de Mrs. Henderson au Yard. Il ne lui aurait pas mis en tête des illusions quant à son mari, un pauvre malade difficilement curable, et qui aurait tout intérêt à s'adresser à un psychanalyste plutôt qu'à vivre en tremblant dans une peur vraisemblablement sans objet. En ce qui concerne Davis, Mortlocke savait pourtant que nombreux sont les truands de toutes sortes qui parviennent à échapper à la police. Pourquoi s'obstinait-il follement dans une entreprise vouée à l'échec? Le superintendant réalisait que Chris, dans cette histoire, poussé par le sentiment qu'il éprouvait envers Mrs. Henderson (sentiment dont il n'avait certainement pas tout à fait conscience), jouait les preux chevaliers des romans de la Table Ronde, toujours prêts aux plus folles aventures pour voler au secours des belles dames dont ils n'espéraient d'autre récompense qu'un sourire et un remerciement. Qui aurait pu penser que le sombre Chris Mortlocke possédait une âme aussi romantique? Lorsqu'il lui raconterait ce qui venait de se passer entre eux, Janet serait peut-être moins surprise que son mari, car son imagination toujours en ébullition quand il s'agissait d'amours, voire d'attachements sans grande violence, approuverait l'inspecteur et la pousserait à blâmer cette impossibilité de son mari – volontaire ou naturelle – d'échapper aux réalités. Richard se consola en estimant que bientôt, Mortlocke ne songerait plus à cette aventure sans lendemain.

Dans son bureau, Chris n'était pas tellement fier de lui, mais parce que donner raison au superintendant signifiait, à ses yeux, abandonner Joyce, il refusait de regretter sa conduite à l'égard d'un homme qui lui avait sans cesse manifesté la plus solide amitié. Pourtant, qu'espérait-il? Pourquoi ne parvenait-il plus à détacher sa pensée de cette femme rencontrée deux fois? Ce n'était sans doute pas la personne même de Joyce qui le troublait profondément, mais ce qu'elle représentait pour un homme seul et que sa solitude désespérait. Il haïssait Larry Henderson qui n'appréciait pas sa chance de vivre dans la petite maison de Watford, auprès d'une épouse aussi totalement dévouée. Non, il n'abandonnerait pas Mrs. Henderson. Lui redonner le calme dont elle éprouvait le besoin, serait sa manière de lui faire la cour. En dépit des défenses de Bolton, Chris continuerait et s'acharnerait sur Melvin Davis jusqu'à ce qu'il parvienne à trouver la preuve qui, en rendant son sang-froid à Larry Henderson, ramènerait la sérénité dans son foyer. L'hostilité de Mortlocke envers le gangster de Soho se fortifiait de sa propre ingratitude envers Richard Bolton. L'inspecteur eut un petit pincement au cœur en songeant à Janet si attentive, si amicale. Comprendrait-elle son attitude?

Le samedi suivant, Chris Mortlocke ne se rendit point chez les Bolton, comme il en avait l'habitude, pour y passer la soirée. Tout au long de la semaine, le superintendant et lui ne s'étaient adressé la parole que pour les besoins du service. L'après-midi, Chris, enfermé dans son petit appartement ne cessa de rêver à sa visite de la semaine précédente à Watford. Il passa un dimanche détestable. Le lundi, il revint à son bureau de fort méchante humeur et ses collègues se demandèrent quelle mouche le piquait. Vers le soir, on appela Mortlocke au téléphone. Le central lui apprit qu'une Mrs. Henderson demandait à lui parler. Son cœur se mit aussitôt à battre la chamade.

– Oui, oui, passez-la moi!

Crispé d'impatience, il perçut les déclics des enclenchements de lignes et presque tout de suite, il entendit la voix qu'il ne parvenait plus à oublier.

– Hello? Mr. Mortlocke?

– C'est moi... Comment allez-vous, Mrs. Henderson?

– Plus rien ne va, inspecteur...

– Que se passe-t-il?

– J'ai reçu une lettre de menaces.

CHAPITRE II

Pour ne point heurter le superintendant, Mortlocke rejoignit Joyce Henderson dans un bar de Northumberland Avenue où il ne risquait pas de rencontrer un de ses collègues. La jeune femme montra au policier un visage ravagé. Sans mot dire, dès qu'il fut assis, elle lui tendit une lettre dont l'enveloppe, une feuille de papier sur laquelle était tapé le texte suivant : *Nous savons que vous êtes allé au Yard. Si votre visite a été motivée par ce qui s'est passé à Harrogate, vous seriez bien inspirée de vous taire et de rester tranquille. A moins que vous ne souhaitiez devenir veuve?* Naturellement, pas de signature. Ainsi, Melvin Davis s'inquiétait. Chris en éprouvait une satisfaction profonde. Maintenant que le gangster entamait les hostilités, Bolton ne refuserait plus de prendre l'affaire au sérieux. L'inspecteur saisit la main de Mrs. Henderson pour l'assurer qu'elle ne devait point s'affoler et qu'on veillerait sur l'existence de son époux, du moins tant qu'il résiderait à Watford. Durant ses tournées, il serait sans doute plus difficile de le protéger. Joyce ne pourrait-elle le persuader de prendre des vacances? Mrs. Henderson haussa les épaules.

– Larry prend ses vacances en même temps que moi. Sous quel prétexte le convaincre de changer ses habitudes?

— Evidemment... Et vous pensez toujours qu'il est préférable de ne pas tenter de le mettre au courant?

— Oui. Il est déjà inquiet. Que serait-ce s'il se doutait que les autres le guettent? Il risquerait de devenir fou! A quelles sottises ne se livrerait-il pas?

— Mais comment Davis a-t-il été au courant de votre démarche au Yard?

— Ils doivent surveiller la maison.

— Si longtemps après l'accident? Ce n'est guère plausible... Vous n'avez parlé à personne de votre visite?

— A personne.

— En conversant, n'y auriez-vous pas fait allusion, sans même y prendre garde?

— Sûrement pas! De plus, les gens que je fréquente n'ont, ni de près ni de loin, aucun rapport avec Davis.

— Bon... eh bien! nous allons prendre les dispositions qui s'imposent. Rentrez chez vous tranquillement. Je vous donne ma parole qu'il n'arrivera rien de fâcheux à votre mari.

Alors, elle lui sourit, et cette confiance qu'elle lui témoignait, réchauffa le cœur de Chris. Il serra la main de Mrs. Henderson avec un peu plus de chaleur sans doute qu'il ne convenait, car elle la retira vivement et ils demeurèrent silencieux, gênés l'un et l'autre.

— Mrs. Henderson, je vous promets de faire l'impossible pour votre mari. Je retourne voir le superintendant avec cette lettre. Je suis persuadé qu'il décidera immédiatement les mesures nécessaires.

— J'ai confiance en vous...

— Merci. En tout cas, prévenez-moi, s'il se passait quelque chose de nouveau.

— D'accord.

— Voulez-vous que nous nous retrouvions demain, ici, pour que je vous dise où en est la situation?

— C'est que... J'ai mon travail... et mon mari ne serait pas très content s'il apprenait que je rencontre quelqu'un... dans un bar... C'est stupide, bien sûr, mais comme je ne saurais lui donner les vraies raisons de nos rendez-vous... il serait fondé à en imaginer d'autres...

Oubliant sa timidité naturelle à l'égard des femmes, et sa triste expérience avec Suzan, Chris confessa :

— Il y en a peut-être bien d'autres, du moins en ce qui me concerne.

Elle rougit de nouveau.

— Mr. l'inspecteur... Je suis une femme profondément attachée à mon mari... Je n'ai aucun goût pour les aventures extra-conjugales...

Confus, souhaitant se trouver à mille lieues de là, Chris balbutia un « Excusez-moi » qui parut affecter sa compagne au point qu'elle crut bon de lui demander :

— Puis-je encore compter sur votre appui?

— Mais naturellement! Je suis peut-être maladroit, Mrs. Henderson, je ne suis pas un malhonnête homme.

— J'en suis convaincu. Si les choses s'arrangeaient et que je n'aie pas à vous déranger de nouveau, je garderai un excellent souvenir de votre obligeance et de... votre sympathie.

Le superintendant reçut Mortlocke avec cette froideur régnant sur leurs relations depuis quelques jours.

— Vous avez à me parler, inspecteur?

— C'est au sujet de cette histoire de Watford.

— Vous vous y intéressez encore?

— Je ne suis pas le seul.

Et Chris déposa sur le bureau de Bolton la lettre reçue par Joyce. Le superintendant en prit connaissance.

— Et cela signifie quoi?

— Pardonnez-moi, mais le sens m'en paraît assez clair, non?

— Alors, c'est que vous êtes beaucoup plus intelligent que moi.

Le faisait-il exprès? Mortlocke s'efforça de garder son calme et expliqua d'une voix posée :

— Il me semble que cette lettre démontre qu'on surveille les Henderson.

— Admettons. Et après?

— Peut-être serait-il bon qu'on aille bavarder avec Melvin Davis?

Bolton l'interrompit sèchement.

— Pourquoi avec Melvin Davis?

— Mais, il me semble que...

— Il vous semble mal, inspecteur, voilà tout. Voulez-vous me souligner ce qui, dans cette lettre non signée, incrimine Melvin Davis?

— Nous savons par Mrs. Henderson...

— Et vous estimez que l'accusation de cette dame est suffisante pour que nous accusions Davis d'intentions homicides?

— Mais enfin, superintendant, cette lettre...

— ... Peut très bien venir de quelqu'un souhaitant jouer un méchant tour à votre Mrs. Henderson. Ce genre de mauvaise plaisanterie ne nous regarde pas. Répondez à la plaignante qu'elle s'adresse à la police de Watford. C'est tout ce que vous aviez à me dire?

— C'est tout.

— Alors, au revoir. J'ai du travail et certainement plus urgent que les alarmes d'une névrosée!

Mortlocke regimba :

— Vous n'avez pas le droit de...

Bolton le regarda froidement.

— Je n'ai pas le droit de quoi, inspecteur? Regagnez votre bureau et essayez de retrouver votre sang-froid. Demandez-vous si une femme aussi angoissée que Mrs. Henderson, aussi imaginative — non ne protestez pas! Pendant huit jours, on a effectué des rondes autour de chez elle sans rien apercevoir d'anormal – au point de voir des fantômes de gangsters là où il n'y a personne, n'a pas pris d'autres gens pour confidents de ses soucis inventés? Et qu'un de ceux-là n'a pas trouvé intelligent de l'affoler un peu plus? Voulez-vous mon opinion? Votre Mrs. Henderson souffre de la manie de la persécution, et si elle ne possédait pas d'aussi jolis yeux, vous l'auriez déjà envoyée à un psychiatre!

Chris tremblait de rage contenue. Un pareil aveuglement de la part de Richard Bolton ne pouvait être que volontaire.

– Alors, vous ne croyez pas à l'histoire de son mari?

– Qu'il ait été témoin de l'accident? Si. Mais c'est tout. Je ne suis même pas certain qu'il ait effectivement reconnu Melvin Davis. N'oubliez pas que c'est d'elle et d'elle seule que vous tenez ces renseignements!

– Mais, pour Dieu, pourquoi jouerait-elle cette comédie?

– Justement, elle ne la joue pas. Sans aucun doute, cette femme – qui est institutrice, ne l'oublions pas, c'est-à-dire qui enseigne la morale – a été révoltée par l'attitude de son mari. Parce qu'elle est son épouse, elle souffre d'un complexe de culpabilité en prenant sur elle une partie de la faute commise. Elle vit dans la certitude que Larry Henderson – et elle aussi, par contre-coup – méritent un châtiment. Puisque ce châtiment ne saurait venir de la police qui ignore tout, elle se persuade que ce sont les autres – ces fameux autres qu'on retrouve dans tous les cas de persécution inventée – qui les puniront. A ces autres, elle a donné un visage, celui de Melvin Davis découvert sur le journal. Sa seule excuse, c'est qu'elle est sincère et à plaindre. Si vous possédez quelque influence sur elle, expédiez-là chez un médecin.

– Vous oubliez que j'ai rencontré le mari et qu'il m'a paru plus inquiet encore que sa femme!

– Et pour les mêmes raisons, vraisemblablement. Cet homme a été traumatisé psychiquement pendant la guerre. Quoi d'étonnant à ce que, vivant à ses côtés, sa compagne se soit laissée gagner par ses hantises?

– Mais la lettre?

– Œuvre d'un anonyme au courant des obsessions de Mrs. Henderson.

– Dans quel but?

– Mortlocke... à votre âge, vous ignorez encore que les gens n'ont nul besoin de motif pour faire le mal?

De retour dans son bureau, Chris pensait à la théorie de Bolton. Elle se révélait plausible. Pourtant, tout en lui se révoltait devant l'hypothèse d'une Joyce ne jouissant pas de toutes ses facultés mentales. La manie de la persécution s'affirmait l'excuse facile pour ne point prêter attention aux plaintes gênantes. Si vraiment Joyce était atteinte mentalement, il s'affirmait impensable que sa maladie ne la prît qu'au moment où elle franchissait le seuil de sa maison. Si son caractère, son comportement présentaient quelque chose d'anormal, ses collègues institutrices s'en seraient aperçues! Il décrocha son téléphone et appela la police de Watford. Au sergent Bradley, il prescrivit une enquête discrète à l'école où Mrs. Henderson enseignait, une enquête qui devait porter sur de possibles bizarreries dont cette dame témoignerait et qui auraient été remarquées. Bien que ne comprenant pas grand-chose à la mission dont on le chargerait, le sergent promit de s'en occuper dès le lendemain.

Troublé par la démonstration du superintendant, Mortlocke ne parvenait pas à prendre complètement le dessus. Il était convaincu que Bolton se trompait, mais cela n'empêchait pas ses arguments de peser leur poids. Pourquoi le supérieur de Chris se refusait-il à envisager la culpabilité de Melvin Davis? Et brusquement, l'inspecteur se souvint que le bruit avait couru, à un certain moment, que Davis devait une partie de l'impunité dont il paraissait jouir à des influences occultes et à l'achat de quelques policiers bien en place. Bolton aurait-il été un de ces policiers? En même temps qu'il examinait cette idée, l'inspecteur en éprouvait un peu de honte. Tout ce qu'il savait du superintendant depuis qu'ils travaillaient ensemble s'inscrivait en faux contre ce soupçon. Cependant, pourquoi cet acharnement à refuser d'impliquer Davis dans cette histoire d'Harrogate? Il aurait voulu protéger le gangster qu'il n'aurait pas agi autrement.

Chris Mortlocke en était là de ses réflexions, allant toutes dans une direction qu'il blâmait mais dont il ne parvenait pas à s'écarter, lorsqu'un planton lui annonça que Janet Bolton demandait à le voir. Sous peine de se montrer grossier envers une femme lui ayant toujours témoigné la plus franche amitié, Mortlocke ne pouvait refuser de la recevoir. Janet entra, fraîche et souriante comme d'habitude.

– Bonjour, Chris... Je venais chercher Richard, mais il paraît qu'il est en conférence, alors j'en ai profité pour vous rendre une petite visite, puisque aussi bien vous semblez avoir déserté la maison.

Fort ennuyé, l'inspecteur. Parce que c'était vrai, il assura :

– Je suis très content de vous voir, Janet.

– Sincèrement?

– Sincèrement.

– Me voilà soulagée d'un grand poids! Je me figurais que c'était contre moi que vous étiez fâché... Alors, c'est à cause de Richard?

– Il ne vous a pas expliqué?...

– Non. Simplement, il ne parle plus de vous et... je sais qu'il en souffre, car il a beaucoup d'amitié pour vous. Vous ne voulez pas me dire ce qui s'est passé?

Chris raconta. Quand il eut terminé, Janet déclara :

– Il m'est difficile de juger l'attitude de Richard. Mais c'est un homme droit, passionnément épris de justice. S'il agit de cette manière, c'est qu'il a ses raisons. D'un autre côté, je vous comprends fort bien et je crois qu'à votre place, je me porterais également au secours de cette pauvre femme. Je suis persuadée qu'entre Richard et vous, il ne peut s'agir que d'un malentendu. Peut-être a-t-il peur que vous vous épreniez d'une femme mariée et que vous en souffriez?

– Cela n'a rien à voir avec la justice et Melvin Davis.

– Evidemment... Je ne connais pas cet individu, mais je le déteste, ne serait-ce que pour la brouille qui, à cause de lui, règne entre mon mari et vous. Naturellement, je ne puis vous demander de faire le premier pas, mais je ne retrouverai ma tranquillité que lorsque vous aurez repris le chemin de la maison.

Après le départ de Janet, Mortlocke fut sur le point d'aller trouver Bolton et de lui offrir la réconciliation, mais il y avait ses mauvaises pensées touchant les rappports hypothétiques du superintendant et de Davis et, tant qu'il n'aurait pas acquis une certitude sur ce point, Chris se sentait incapable de parler à Richard avec sa confiance d'autrefois.

Et l'inspecteur vécut encore toute la semaine dans une solitude que seul meubla le rapport de Watford touchant Mrs. Henderson. Les enquêteurs n'avaient entendu que des éloges sur Joyce, tant auprès des voisins que de ses collègues. Jamais, à aucun moment, l'institutrice n'avait témoigné d'idées fixes ou de troubles pouvant surprendre. Voilà qui réduisait à néant les suppositions malveillantes de Bolton et Mortlocke en ressentit une grande satisfaction. Le samedi matin, Mrs. Henderson l'appela de nouveau au téléphone.

– Hello? Mr. Mortlocke?

Tellement heureux, Chris, qu'il ne parvenait pas à parler. Joyce s'inquiéta :

– Mr. Mortlocke?

– Oui. Excusez-moi, Mrs. Henderson... J'espère qu'il ne s'est rien passé de grave?

– Encore une lettre au courrier de ce matin.

– Ah!... Votre mari est au courant?

– Non.

– Voulez-vous me l'apporter au même bar que la semaine dernière... vers cinq heures?

– C'est trop tôt. Je dois attendre l'arrivée de Benny – vous vous rappelez, le petit garçon – afin de ne pas laisser mon mari seul... six heures, est-ce possible?

– Entendu pour six heures, Mrs. Henderson...

– Merci.

– Mrs. Henderson...

– Oui?

– Je... je suis très content de... de vous revoir.

Et il raccrocha vite pour qu'elle n'ait pas le temps de répondre.

Il parut à Chris que ce samedi n'en finirait jamais. Tout au long de l'après-midi, il témoigna d'une nervosité que l'heure accentuait. Les employés subalternes se demandaient quelle mouche piquait l'inspecteur Mortlocke. Enfin, on arriva à six heures moins le quart et le policier se coiffant de son chapeau mou se hâta vers Northumberland Avenue.

Les traits encore plus tirés qu'au début de la semaine, Joyce Henderson témoignait d'une fébrilité révélant assez son angoisse intérieure. Chris ne put s'empêcher de penser que si Bolton la voyaît dans cet état, il reviendrait peut-être de ses injustes préventions. La lettre qu'elle tendit à l'inspecteur tremblait au bout de ses doigts.

– Je vous en prie... Calmez-vous... Ici, vous êtes à l'abri de tout... Vous ne risquez rien. Reprenez votre sang-froid, je vous en prie.

Elle but, sans y prêter attention, une bonne gorgée du whisky qu'il avait commandé. Sous l'effet de l'alcool, son visage s'enflamma et elle se mit à tousser. Quand elle reprit son souffle, les yeux pleins de larmes, elle balbutia :

– Que... que c'est... fort!

– Vous aviez besoin d'un coup de fouet. Ça va mieux?

– Oui. Merci. Je me conduis comme une sotte...

– Je ne vous juge pas telle.

Il lut le court billet : *Vous n'avez tenu aucun compte de nos recommandations. Tant pis pour lui. C'est vous qui le condamnez.*

Quoi qu'en puisse penser le superintendant, un mauvais plaisant ne pousse jamais jusque-là.

Mrs. Ramsdon, en apercevant le livreur qui s'arrêtait devant la maison des Henderson, s'étonna que Grovers and Co fasse des livraisons le samedi après-midi. Profondément attachée aux traditions, la vieille dame déplorait que les jeunes générations sortissent peu à peu des habitudes ancestrales. Elle se promit d'exprimer à haute voix sa façon de penser la prochaine fois qu'elle irait procéder à ses emplettes chez Grovers and Co, la grande épicerie de Watford. Sans compter que Mrs. Ramsdom jugeait que ce livreur avait mauvaise façon avec ses grosses moustaches rousses et ses lunettes noires. D'abord, est-il correct qu'un livreur porte des lunettes noires? Mrs. Ramsdom estimait cela fort déplacé, car elle, elle aimait voir les yeux des gens à qui elle s'adressait. Et même ceux de qui elle n'avait rien à faire... C'est pourquoi elle épiait le livreur de Grovers and Co qui, descendu de son triporteur, la casquette sur l'oreille, poussait le portillon du jardin des Henderson, et la vieille dame s'indigna du sang-gêne des employés d'aujourd'hui. A quoi bon mettre une porte si les visiteurs n'en tiennent pas compte? Elle espérait bien que Mr. Henderson –

elle avait noté le départ de Mrs. Henderson – dirait sa façon de penser à ce malotru. Mais sa stupéfaction horrifiée atteignit des proportions démesurées lorsqu'elle vit cet incroyable livreur sortir un trousseau de clefs de sa poche, en choisir une, l'introduire cyniquement dans la serrure, la tourner et entrer carrément. Mrs. Ramsdom fut sur le moment de téléphoner à Larry Henderson pour lui demander de se montrer sévère à l'égard de cet impudent. Mais elle réfléchit qu'il y aurait encore des mauvaises langues pour prétendre qu'elle se mêlait de ce qui ne la regardait pas et peut-être que cette peste de miss Halloway irait jusqu'à insinuer qu'elle passait son temps à épier les voisins. Ecœurée, Mrs. Ramsdom retourna à son fauteuil et confia à son chat. Disraëli III, ce qu'elle pensait d'un monde qu'elle ne comprenait plus.

Mortlocke tournait et retournait entre ses doigts la lettre reçue par Mrs. Henderson. Ah! si Bolton ne se montrait pas si entêté... Timidement, Joyce demanda :

– Vous croyez... qu'ils feront ce dont ils me menacent?

Son premier réflexe fut de lui mentir et puis, il n'osa pas. Il la jugeait digne de tout entendre.

– Franchement, je ne sais pas.

– C'est affreux... S'il... s'il arrivait quelque chose à Larry, je ne me le pardonnerais pas.

– S'il arrivait quelque chose à votre mari, Mrs. Henderson, ce serait de sa faute et de sa faute seule! Il n'aurait qu'à témoigner d'un peu plus de confiance en la police. S'il nous mettait officiellement au courant de ce qu'il sait, les autres n'oseraient plus rien tenter contre lui sous peine de se dénoncer par là-même?

– Vous avez sans doute raison...

– Bien sûr que j'ai raison! Qu'il parle et je vous jure que je le sauverai!

Elle parut hésiter.

– Si j'étais certaine...

– Je vous en prie, Mrs. Henderson, ayez confiance! C'est notre unique chance : persuadez votre mari de réclamer aide et protection. Enfin, réfléchissez! Que voulez-vous que nous tentions pour quelqu'un qui nous ignore?

Elle se leva, soudain décidée.

– C'est bon. Il arrivera ce qu'il arrivera, mais je ne peux plus supporter cette existence! Venez avec moi trouver Larry et tâchez de lui faire entendre raison.

Devant la maison des Henderson, de loin, ils aperçurent l'attroupement. Joyce pâlit jusqu'aux lèvres.

– Mon Dieu...

Tout de suite, Chris comprit qu'ils arrivaient trop tard : Larry avait payé. Ils fendirent la foule des curieux. L'agent qui se tenait à la porte les arrêta, mais Mortlocke montra son insigne. Au seuil du living-room, une forte femme prit Joyce Henderson dans ses bras.

– Ma pauvre chérie...

Joyce demanda doucement :

– Il est mort, n'est-ce pas?

Son interlocutrice baissa la tête.

– Je veux le voir... Il faut que je le voie!

On s'écarta. Le corps de Larry Henderson reposait sur le divan. On avait entouré sa tête d'un linge où le sang mettait une tâche écarlate et conférait à l'humble mort une dignité nouvelle. Joyce se laissa tomber à genoux et prit la main de son mari dans la sienne.

– Larry...

Puis elle glissa au sol, évanouie. On l'emmena dans sa chambre et la voisine qui l'avait accueillie l'y suivit. Le sergent Bradley s'approcha de Mortlocke.

– Bonjour, inspecteur.

– Bonjour, sergent... alors?

– Alors, la petite dame avait raison... Je m'en veux de n'avoir pas cru complètement à ses histoires.

– Les regrets ne sont plus de mise, sergent. Que s'est-il passé?

– Mrs. Gilmon nous a appelés au téléphone, il y une demi-heure... Elle venait de trouver le corps...

– Qui est cette femme?

– La mère du gosse qui tous les samedis, paraît-il, rejoignait Mr. Henderson vers six heures.

– Envoyez-la chercher.

On s'en fut quérir Mrs. Gilmon, une grande rousse qui paraissait profondément affectée par les événements. Elle gémissait :

– Si c'est pas malheureux d'assister à des choses pareilles! On n'est donc plus en pays civilisé, à Watford? Et qu'est-ce qu'elle fabrique la police?

– Elle attend que vous l'aidiez, Mrs... Mrs.?

– Gilmon... Gladys Gilmon. Je suis veuve depuis cinq ans, alors pensez, je sais ce que c'est...

– Parce que votre mari aussi a été assassiné?

– Assa...! Doux Seigneur! En voilà des idées! Horace Gilmon était quelqu'un de bien! Président du club des Fléchettes de Watford-3! C'est les poumons... Ils n'ont pas tenu avec ce damné brouillard.

– J'en suis navré, mais racontez-moi ce qui est arrivé ce soir chez les Henderson?

– Quelque chose de terrible! Jamais je ne l'oublierai!

– J'espère pour vous que si, Mrs. Gilmon. Je vous écoute.

– Voilà, mon petit garçon...

– Je connais le petit Benny.

– Non. Ça par exemple! et où l'avez-vous rencontré?

– Ici même, justement.

– Quelle coïncidence! Alors, vous êtes au courant, sans doute, que tous les samedis à six heures,

Benny file chez les Henderson où il passe deux heures, en compagnie de Larry Henderson, qui est bien le meilleur des hommes... enfin, qui était, n'est-ce pas? Ah! c'est bien malheureux... Qu'est-ce qu'il fera, Benny, maintenant, le samedi?

– Je l'ignore, Mrs. Gilmon.

– Car si vous me connaissiez, vous sauriez qu'il n'est pas question que je le laisse traîner dans la rue. Je veille à son éducation. Pour moi, un garçon bien éduqué, il n'y a rien de mieux... Où en étais-je?

– Tous les samedis, Benny s'empressait de rejoindre Larry Henderson.

– Oui... Aujourd'hui, comme tous les autres samedis, et puis voilà que vers six heures et demie, je vois mon Benny revenir à la maison tout tremblant. Immédiatement, j'ai deviné qu'il s'était passé quelque chose de louche. Je lui ai demandé : quelle sottise avez-vous commise, Benny? – C'est pas moi, il m'a répondu – C'est pas vous qui avez fait quoi, Benny? – qui ai fait tomber Mr. Henderson. Alors, vous pensez si le sang m'a tourné. Je me suis dit : Gladys, vous devez aller voir. Peut-être que Mr. Henderson est malade ou qu'il a eu un accident. Je suis sortie tellement vite que j'en ai oublié de mettre mon chapeau et je suis sûre qu'il y en a qui ont remarqué ce manque de tenue.

Mortlocke n'ignorait pas qu'il fallait laisser ce genre de bavardage suivre son train, car toute interruption risquait de l'expédier sur des chemins détournés. S'armant de patience, il l'écoutait tandis que le sergent Bradley donnait des signes d'énervement que, de temps à autre, Chris refrénait d'un coup d'œil impératif.

– En sortant, Benny n'avait pas fermé la porte. Je suis entrée – comment auriez-vous agi à ma place? – Naturellement, avant de pénétrer dans le living-room, je m'arrête dans le hall et je crie : « Mr. Henderson?... Vous êtes là Mr. Henderson? » Mais il ne risquait pas de répondre le pauvre cher homme. Seulement, ça, je ne l'ai compris que plus tard. Dans le living-room, personne. Je descends à l'atelier et alors là... Ah! par Saint-George! Quel spectacle!... Mr. Henderson allongé de tout son long avec du sang plein la figure... Si je ne suis pas tombée raide à mon tour, c'est que j'ai le cœur solide! Et puis surtout, j'ai pensé à ce qu'on aurait raconté dans le quartier si on m'avait trouvée par terre à côté de Mr. Henderson... Vous me direz qu'il était mort, le pauvre, mais tout de même... Il y a tant de mauvais esprits! Je suis remontée en courant et j'ai téléphoné à la police... Voilà.

Chris Mortlocke poussa un soupir de soulagement et le sergent Bradley s'épongea le front.

– Je vous remercie, Mrs. Gilmon. Vous nous avez beaucoup aidés.

– Eh bien! J'en suis contente!

– Où est Benny en ce moment?

– A la maison, avec défense de sortir s'il ne désirait pas recevoir une raclée. Il a eu assez d'émotions comme ça pour aujourd'hui!

– Puis-je aller lui parler?

– A lui? Mais, je vous ai tout dit...

– Vous m'avez tout dit, Mrs. Gilmon, de ce qui s'est passé après la mort de Mr. Henderson... Je veux espérer que Benny pourra nous expliquer ce qui a eu lieu avant.

– Dans ce cas, je passe devant, pour lui donner un coup de peigne... Je ne voudrais pas que vous ayez une mauvaise impression.

Quoi qu'il en fut, Chris laissa partir la bonne femme. Il profita de ce répit non souhaité pour bavarder avec le sergent Bradley, très heureux de la présence d'un homme du Yard.

– Quelle tuile, inspecteur! C'est moi qui suis de garde! J'ai téléphoné chez le commissaire mais il est à Liverpool chez sa sœur gravement malade, et les inspecteurs se trouvent aux quatre coins du pays. Mes hommes ont alerté le Yard. Les gars de l'Identité et le médecin légiste ne vont pas tarder à rappliquer. Je n'ai pas prévenu que vous vous trouviez déjà sur les lieux... Peut-être aurais-je dû?

Mortlocke haussa les épaules. Pour l'instant, il pensait à tout plutôt qu'à respecter la hiérarchie administrative ou à appliquer strictement les règlements prévus en pareil cas. Pour lui, une seule chose comptait : il avait trahi Joyce Henderson dont il n'avait pas su défendre le mari. En même temps que le remords, une sombre colère l'enflammait contre l'imbécile incrédulité de Richard Bolton. Si le superintendant l'avait écouté... Mais avec des si... L'entêtement stupide de Bolton ne justifiait pas son propre manque de courage, d'énergie. Depuis le début, depuis sa première rencontre avec Joyce, il avait deviné, senti le drame qui se préparait, et il était resté les bras croisés, se contentant de donner des conseils alors qu'il aurait fallu agir et vite! Jamais crime n'avait été plus facile à éviter... Chris fut arraché à ses réflexions moroses par un policeman lui annonçant qu'une certaine Mrs. Ramsdom avait des révélations à apporter au sujet du meurtre de Mr. Henderson. On introduisit la vieille femme qu'on dirigea tout de suite vers Mortlocke.

– C'est vous le chef, ici?

– Ne vous occupez pas de cela, Mrs. Ramsdom. Vous avez vu quelque chose?

– Si j'ai vu quelque chose? Je pense bien!

– Allez-y!

Elle le regarda, les yeux ronds.

– Où voulez-vous que j'aille?

– Parlez. Racontez ce que vous avez vu. Dépêchez-vous, je vous prie, Mrs. Ramsdom, je suis très pressé.

– Moi aussi. Je ne peux pas laisser Disraëli seul très longtemps. Il ne le supporte pas!

Après qu'elle eut révélé à l'inspecteur la personnalité de Disraëli III, elle entreprit de conter par le menu comment et pourquoi elle avait remarqué le livreur de Grovers and Co. Elle décrivit sa tenue, son comportement, son sans-gêne et conclut que ce qui était arrivé ne la surprenait pas outre mesure, car pour elle, ce livreur était sûrement l'auteur du crime!

– Je le crois aussi, Mrs. Ramsdom. Vous voudrez bien faire votre déposition au sergent Bradley... lui répéter tout ce que vous m'avez si aimablement confié, et puis vous signerez.

– Est-ce que j'aurai ma photo dans le journal?

– C'est possible; je n'en sais rien.

– Si j'ai ma photo dans le journal, miss Halloway est capable d'en mourir de rage!

Pour se rendre chez Mrs. Gilmon, Mortlocke abandonna Mrs. Ramsdom à l'attrayante perspective de miss Halloway trépassant de dépit. Le petit Benny l'attendait, fraîchement peigné, les mains bien propres. Chris s'assit dans le fauteuil que lui offrait Mrs. Gilmon et, attirant le garçonnet contre lui, entama un interrogatoire qu'il craignait difficile :

– Alors, Benny, il paraît que vous aimez bien bricoler?

– Oh! oui!

– Et tous les samedis soir, vous vous rendez chez Mr. Henderson pour l'aider dans son travail?

– Oui.

– Ce soir aussi?

Le gamin, qui tremblait d'impatience tant il lui tardait de raconter son histoire, se lança dans des explications.

– Mr. Henderson voulait construire un petit manège de chevaux de bois... Il me l'avait promis depuis longtemps!

– Vous lui donniez un coup de main?

– Je lui passais ses outils, les pointes, la colle... C'était presque fini quand l'homme est entré.

– Vous souvenez-vous comment était cet homme?

– Un employé de chez Grovers and Co, mais pas un de ceux que je connaissais. Pourtant, il portait la casquette.

– Et son visage?

– Il avait des lunettes noires et une grosse moustache rousse.

– Et il n'a rien dit en vous voyant?

– Moi? Il m'a pas vu!

– Comment est-ce possible?

– J'étais sous l'établi en train de ramasser les clous avec un aimant, mais moi, je l'ai vu quand il est entré, je croyais que c'était mummy qui venait me chercher.

– Alors, vous êtes resté sous l'établi?

– Oui.

– Et ensuite?

– Le livreur a demandé : « Vous êtes Mr. Henderson? » et Mr. Henderson a répondu : « Oui, c'est moi. Qu'est-ce que vous désirez? » L'homme a déclaré : « J'ai une commission pour vous... » – Mr. Henderson – je l'ai bien deviné – à été étonné et il a répété : « Une commission? et de la part de qui? » – le type a presque crié « De la part de Melvin, salaud! » C'est vrai, je vous jure, sir, il a dit : salaud!

Mortlocke ferma les yeux de plaisir. Ainsi, ça y était! Benny serait le plus parfait témoin qu'on pouvait espérer et sans s'en douter, il enverrait Melvin Davis à la potence!

– Vous ne me croyez pas, sir?

– Si, si, bien sûr, que je vous crois! et après?

– Après, j'ai entendu un grand boum! Mr. Henderson est tombé... sa tête pleine de sang a cogné presque contre mon genou. Je voulais crier, mais j'avais tellement peur que je n'ai pas pu!

Mrs. Gilmon jugea le moment venu de s'entretenir avec Dieu et psalmodia avec ferveur :

– Merci Seigneur d'avoir privé mon fils de voix à ce moment-là, sinon ce misérable l'aurait tué aussi!

– Il a eu tort de ne pas le faire!

Ahurie, la mère balbutia :

– Qu'est-ce... que... que...

– Oui, l'assassin a eu tort, dans son intérêt, bien sûr, de ne pas supprimer Benny, parce que grâce à votre petit bonhomme, le bourreau lui passera un joli nœud de chanvre autour du cou un de ces matins!

– Ah! bon... mais, il faut d'abord savoir qui c'est?

– Je le sais, Mrs. Gilmon.

Emerveillée, la bonne femme joignit les mains.

– Je me doutais bien que vous étiez malin dans la police, mais à ce point-là tout de même!... Alors, comme ça, il a suffit que le petit il vous raconte pour que tout de suite... Vrai, je ne l'aurais pas vu que je ne l'aurais pas cru!

A son retour chez les Henderson, Chris se trouva nez à nez avec Richard Bolton qui lui déclara :

– Le sergent Bradley m'a appris votre présence, inspecteur... En somme, d'après ce que j'ai compris, vous êtes arrivé une demi-heure trop tard? Pas de chance...

– Je pense que maintenant, superintendant, vous ajoutez foi, rétrospectivement, au récit et aux craintes de Mrs. Henderson?

– Je ne suis pas entêté à ce point-là, Mortlocke!

– Permettez-moi de regretter, à mon tour, que vous arriviez à cette conclusion avec quelques jours de retard!

– Puis-je vous rappeler, inspecteur, que je suis votre supérieur et que si je mérite un blâme, ce n'est pas à vous de me l'infliger?

– Je vous prie de m'excuser, sir.

Les deux hommes se dévisagèrent avec une hostilité non déguisée et personne, à les voir – ce qui était le cas du sergent Bradley – n'aurait pu supposer qu'ils avaient été les meilleurs amis. Le premier, Richard Bolton reprit son sang-froid et retrouva un ton officiel pour continuer :

— J'ai lu les dépositions de Mrs. Gilmon et celle de Mrs. Ramsdom. Naturellement, la police de Watford enquêtera sur ce supposé livreur de Grovers and Co, mais il serait puéril de nourrir la moindre illusion à ce sujet. L'assassin s'est procuré une casquette lui permettant de ne pas attirer l'attention des voisins en pénétrant chez les Henderson. Heureusement que Mrs. Ramsdom perpétue la race des vieilles curieuses et qui sont, très souvent, d'une aide précieuse pour les enquêteurs. Vous vous êtes rendu chez le jeune Benny à ce qu'il paraît?

L'inspecteur Mortlocke fit le récit de son entrevue avec le garçonnet. Le superintendant l'écouta et quand il eut terminé, il se contenta de remarquer :

— Vous êtes certain, inspecteur, de n'avoir pas — fût-ce inconsciemment — suggéré ce nom de Melvin à l'enfant?

— J'étais loin de me douter que ce prénom serait prononcé par le tueur et j'ai demandé à Benny de répéter.

— Et il n'a eu aucune hésitation sur ce prénom? Il n'a pas choisi entre, je ne sais pas moi, Aneurin, Gavin, Melvin?

— Absolument pas la moindre hésitation.

— Curieux...

— De plus, avec votre permission, sir, je vous rappellerai que je suis inspecteur du Yard et que, jusqu'à présent, je n'ai jamais été soupçonné de forfaiture!

— Calmez-vous, Mortlocke... Je ne soupçonne en rien votre honnêteté, mais vous êtes tellement obnubilé par Melvin Davis que...

— J'ai la faiblesse de ne pas aimer les truands, sir, et de ne rien vouloir tenter pour les protéger, moi!

— Mortlocke!

Bolton serra les poings et le dialogue risquait de prendre un tour dramatique, lorsqu'il fut interrompu par le médecin légiste :

– Pas grand-chose à dire, gentlemen... Aucune difficulté non plus... Une balle en pleine tête, mort instantanée. Ecchymoses sur la face dues à la chute. Le décès remonte à une heure environ... Je pratiquerai l'autopsie par routine mais je puis vous affirmer, d'ores et déjà, qu'elle ne nous apprendra rien de nouveau... Mon rapport sera au Yard lundi dans la journée, car j'aimerais bien goûter le repos dominical qui, paraît-il, existe... Au revoir, gentlemen.

Les hommes de l'Identité, le policier chargé de relever les empreintes prirent congé à leur tour. Ce dernier ne put que confirmer la présence d'innombrables empreintes, mais appartenant, semblait-il et à première vue, au mort et à un enfant. Un fourgon mortuaire emporta le corps et les journalistes présents durent se contenter d'apprendre que, pour l'heure, la police n'en savait pas plus qu'eux. Lorsque le superintendant, l'inspecteur et le sergent se retrouvèrent seuls, Bolton déclara :

– J'espère que maintenant, nous allons pouvoir interroger Mrs. Henderson?

Et sans attendre de réponse, il ordonna :

– Voulez-vous la prévenir, sergent?

Peu après, Joyce se présentait au bras de Mrs. Gilmon, de nouveau présente. Lorsqu'elle eut installé Mrs. Henderson dans un fauteuil, elle fut courtoisement, mais fermement priée de regagner sa demeure. Elle en montra du dépit et, pour sauver les apparences, en même temps que sa dignité, affirma qu'elle reviendrait sitôt ces gentlemen partis, car elle n'envisageait pas de laisser seule une femme aussi cruellement frappée.

Mrs. Gilmon s'étant décidée à quitter les lieux, Bolton s'adressa à la veuve :

– Mrs. Henderson, je vous présente mes condoléances et aussi mes regrets de n'avoir pas complètement cru à votre récit rapporté par l'inspecteur Mortlocke. L'histoire me paraissait tellement invraisemblable... Mais les faits sont là et ma seule excuse est qu'il nous était impossible, en l'absence de toute plainte officielle, de protéger Mr. Henderson. Permettez-moi de vous dire qu'il a cruellement payé son manque de confiance en nous.

— Je sais...

— Et maintenant, Mrs. Henderson, si vous repreniez l'histoire à son début?

Longtemps, la jeune femme parla. Elle dit l'affolement de son mari à son retour d'Harrogate, son mutisme qui dura plusieurs jours avant qu'il ne se décide à lui confier la cause de son trouble.

— Mais l'attitude de Mr. Henderson ne vous avait-elle pas frappée au point que vous ne l'ayez harcelé de questions pour savoir ce qu'il vous cachait?

— Non... Comme je l'ai déjà expliqué à Mr. Mortlocke, Larry était un malade psychique. Les séquelles de la guerre, du temps où il avait été prisonnier. J'étais habituée à son humeur.

— Comment expliquez-vous son angoisse puisqu'en somme, tout semblait indiquer que l'auteur de l'accident ayant coûté la vie à une femme et à son enfant ne s'occuperait plus de votre époux?

— Parce qu'en dépit de sa maladie de la volonté, Larry restait un honnête homme, et il se rendait parfaitement compte qu'en se taisant, il agissait comme un complice de l'écraseur. Il en souffrait sans pour cela trouver le ressort nécessaire pour surmonter ses craintes.

— Mais vous-même, Mrs. Henderson...

— J'ai tout tenté pour le persuader d'accomplir son devoir. En vain. Alors, j'ai décidé d'agir à son insu et... et voilà le résultat.

— De quelle façon votre mari a-t-il découvert l'identité de l'homme qu'il redoutait?

— En découvrant sa photographie dans le journal.

— C'est-à-dire celle de...?

— Melvin Davis.

Le superintendant réfléchit un instant, puis :

– Qu'avez-vous l'intention de faire, Mrs. Henderson?
– A quel sujet?
– A propos de la mort de votre mari?
– Mais le venger, bien sûr! Maintenant qu'il n'est plus là, je n'entends pas que son meurtrier s'en tire!
– Si je vous comprends bien, Mrs. Henderson, vous êtes disposée à porter plainte contre Melvin Davis?
– N'est-ce pas ainsi que je dois procéder?
– Je dois, à mon tour, Mrs. Henderson, attirer votre attention : ce que vous tenez pour preuves irréfutables ne sera pas suffisant pour convaincre un jury. Vous n'avez pas assisté à l'accident d'Harrogate. Vous n'êtes au courant que par ouï-dire. Il faut des preuves d'une autre sorte pour obtenir une condamnation. Et si l'on ne parvient pas à inculper Davis, il sera en droit de vous attaquer en dommages et intérêts, avec toutes les chances de gagner.

La rage au cœur, Chris comprenait qu'une fois encore, Bolton essayait de protéger Davis. Il voulut intervenir, mais le superintendant prévint son attaque.

– Je vous en prie, Mortlocke!... Je sais ce que je dis et vous pouvez demander au sergent s'il ne partage pas mon point de vue?

Bradley opina.

– Sans aucun doute, sir.

Négligeant de s'intéresser plus longtemps aux réactions de son adjoint, Richard revint à Mrs. Henderson.

– La loi est la loi. Je vous conseille de porter plainte contre inconnu et de nous laisser conduire notre enquête. Je vous donne ma parole que si Melvin Davis est l'instigateur de ce crime, nous finirons bien par le coincer. Mais, pour l'instant, le plus sage est de ne pas lui donner l'éveil.
– J'agirai comme vous me le conseillez, sir.
– Venez lundi au Yard pour déposer votre

plainte. Il y a longtemps que vous êtes à Watford, Mrs. Henderson?

– Cinq ans.

– Et avant?

– A Londres, Stanley Crescent à Notting Hill, pendant cinq ans également.

– Et avant?

– Dans ma famille, à Doncaster. Mon père, Fitzgerald Bowning, avait un commerce d'outils de jardinage et de graines... C'est comme cela que j'ai lié connaissance avec Larry.

– Vous aviez une grande différence d'âge?

– Une vingtaine d'années, mais je souhaitais tellement quitter Doncaster.

– Vos parents sont-ils encore en vie?

– Non, ils sont morts. De son côté, Larry n'avait personne.

– Eh bien, Mrs. Henderson, je vous remercie d'avoir si aimablement répondu à mes questions, et je vous prie de ne point me tenir rigueur si quelques-unes ont pu vous paraître inutiles ou indiscrètes, mais nous avons notre routine.

Au moment de se retirer, Bolton se retourna vers Joyce.

– Ah! encore un mot cependant... Votre mari avait-il souscrit une assurance sur la vie?

– Oui.

– A votre profit?

– Oui.

– Une assurance importante?

– Un millier de livres.

– En somme, matériellement votre existence sera plus difficile en dépit de cette somme?

– Disons moins aisée... Mon mari touchait en moyenne cent vingt livres par mois.

– Je vous remercie. Vous venez, Mortlocke? Ce n'est pas un ordre, vous savez!

– Je vous suis, sir.

Avant de la quitter, Chris serra la main de Joyce.

Discrètement, le superintendant et le sergent s'étaient éloignés.

– Quoi qu'en dise Bolton, Mrs. Henderson, j'aurai Melvin Davis!

– J'ai confiance en vous, inspecteur.

– A lundi, n'est-ce pas?

– A lundi.

Chris Mortlocke hâta le pas pour rattraper le superintendant et le sergent. Ils quittèrent ce dernier devant le poste de Watford. Bolton, avant de prendre congé de Bradley, déclara :

– Procédez aux petites vérifications habituelles, mœurs, réputations, dettes, etc. Enfin, vous êtes assez vieux dans le métier pour que je n'aie pas à vous apprendre quoi que ce soit. Pour le reste, nous nous en chargerons au Yard. Je vous ramène, Mortlocke?

– Si cela ne vous dérange pas...

Ils roulèrent longtemps sans prononcer un mot. Ce ne fut que lorsqu'ils se trouvèrent dans Hendon Way que Richard affirma :

– Je pense que si je vous interdisais de vous occuper de l'affaire Henderson, vous y fourreriez votre nez quand même, n'est-ce pas?

– Je le pense aussi, sir.

– Dans ce cas, il est préférable que je vous en charge officiellement.

– Je vous en remercie, sir.

De nouveau ils se turent, Bolton étant très occupé par la circulation de ce samedi soir. Pourtant, en passant à Saint-John's Wood, il dit :

– Lundi matin, vous seriez bien inspiré, je crois de vous rendre chez les employeurs d'Henderson. Il serait bon de savoir s'ils nourrissent la même opinion du défunt que sa femme.

– Entendu.

– De mon côté, je téléphonerai à Doncaster pour avoir des renseignements sur elle. Ne vous indignez pas, Mortlocke, mais avant de pousser plus avant, je tiens à être rassuré de ce côté-là. On a trop vu de femmes tuer leur mari.

– Super!...

– Je sais, je sais. Votre Mrs. Henderson a une excellente réputation, elle se trouvait avec vous quand on a assassiné son mari, elle est venue vous prévenir des menaces pesant sur lui, l'assurance souscrite à son nom ne lui remplace pas ce que représentaient pour elle les cent vingt livres mensuelles de son époux, et de plus, son chagrin paraît sincère...

– Alors?

– Alors, que vous me croyez ou pas, Mortlocke, je suis satisfait de ces constatations, car il m'aurait été très désagréable d'arrêter une femme à laquelle vous vous intéressez beaucoup... Mon enquête à Doncaster a un double but : blanchir complètement Henderson à mes yeux et vous apporter la preuve qu'elle est vraiment une femme digne de vous.

– Je ne comprends pas, sir?

– Pas difficile, pourtant; maintenant que Larry Henderson n'est plus là, la place est libre, non?

Mortlocke ne réagit pas comme il aurait dû parce qu'à sa honte, il devait s'avouer qu'il avait déjà pensé à cette éventualité. Et c'est sans grande conviction qu'il s'enquit :

– Vous ne me soupçonnez quand même pas?

– Non, parce que d'abord, vous avez la chance d'avoir un alibi irréfutable pour l'heure du crime, ensuite parce que je vous connais.

Encore le silence pendant lequel chacun des deux policiers songeait à l'autre. Ils descendirent Baker Street, se glissèrent dans la cohue de Regent Street et par Northumberland Avenue, atteignirent Victoria Embankment. Lorsqu'ils s'arrêtèrent devant la grille de Scotland Yard, Richard Bolton précisa :

– Et n'oubliez quand même pas, Mortlocke, qu'il y a sûrement plus d'un homme dans Londres qui se prénomme Melvin.

CHAPITRE III

Chris passa un mauvais dimanche. Il ne sortit même pas pour aller déjeuner ou dîner. Il mangea ce qu'il trouva dans son frigidaire et but une demi-bouteille de whisky. Cela ne cadrait pas avec ses habitudes et ce comportement disait assez le trouble qui s'était emparé de lui après avoir quitté le superintendant. Pour Mortlocke, désormais, il ne faisait pas de doute que Bolton entendait couvrir Davis. Pourquoi? Qu'y avait-il entre eux? Homme simple, peu enclin à philosopher, ayant obéi toute sa vie et n'ayant jamais jugé désagréable de se conformer aux ordres reçus, Chris se voyait soudain plongé dans un dilemme qui l'épuisait sans qu'il parvienne à en sortir. D'une part, sa conscience d'honnête policier lui interdisait d'accepter qu'un criminel pût échapper au sort mérité et de plus, travaillant pour la justice, il travaillait pour Joyce dont un salaud avait bouleversé l'existence en tuant Larry Henderson. D'autre part, Mortlocke redoutait ce qu'il était susceptible de découvrir en fouinant du côté de Melvin Davis, c'est-à-dire quelque chose qui discréditerait Richard Bolton à qui, jusqu'à ces derniers jours, il vouait une amitié solide. Que deviendrait Janet si l'on révélait que son mari n'était pas le fonctionnaire intègre qu'elle aimait et admirait? Chris avait-il le droit, pour venger Joyce, de briser le foyer de Janet? Mais l'inspecteur était assez attaché au Yard pour ne pas admettre que des policiers véreux puissent s'y glisser.

Vers le soir, sa pensée quitta ces sujets pénibles pour se reporter exclusivement sur Joyce. Bien sûr, maintenant que son mari n'était plus là, rien n'empêchait Chris de rêver à un avenir où Joyce accepterait de recommencer sa vie en sa compagnie, et quelle plus belle preuve d'attachement lui donner que le châtiment – par ses soins – du meurtrier d'Henderson? Tous les Anglais ont lu Walter Scott dans leur enfance et spontanément, Mortlocke s'assimilait à quelques-uns de ces preux chevaliers toujours prêts à tout risquer pour la dame de leurs pensées. Le policier ne tentait plus de ruser avec lui-même. Il aimait Joyce et la recherche du meurtrier de son époux demeurait la seule occasion qui lui restait de garder le contact avec elle sous un prétexte valable. Pourquoi sacrifierait-il son bonheur hypothétique à la malhonnêteté – encore supposée seulement – de Richard Bolton? Le superintendant avait vécu de belles heures avec Janet. Etait-ce une raison suffisante pour priver Chris de ce bonheur qui lui manquait et qu'il n'avait pas goûté avec Suzan? Peut-être que mis au courant des activités secrètes de Richard, Mortlocke n'eût pas bougé s'il n'y avait eu Joyce. Il se voulait résolu à ne pas sacrifier celle-ci à celui-là. Lorsque l'inspecteur se mit au lit, il était décidé à courir sa chance auprès de Joyce Henderson, fût-ce au prix de la carrière de Richard Bolton et du bonheur de Janet.

Le lundi matin, en se rendant au Yard, Mortlocke s'efforça de se composer un visage pour rencontrer Bolton. Chaque heure qui passait le confirmait dans ses soupçons touchant l'honnêteté du superintendant. Il se rappelait que dès les premiers instants, Richard avait essayé de dissuader son adjoint de s'occuper de cette affaire Henderson. Puis les soupçons injurieux quant à l'équilibre mental de Joyce, sa mauvaise grâce à tolérer une protection de la police à Watford, son manque de chaleur à reconnaître son erreur après le meurtre avaient fortement déçu Mortlocke. On eût dit que Bolton regrettait que l'assassin n'ait pas réussi un coup double en supprimant la femme en même temps que le mari, et il avait indiscutablement tiqué en apprenant la présence de Chris sur les lieux, sans cela, il eût sans doute tenté de diriger les soupçons contre Joyce. La colère reprenait l'inspecteur en se rappelant la question de Richard à propos de l'assurance-vie. Heureusement que la disparition d'Henderson ne rapportait rien, au contraire, à sa veuve, sinon, Bolton eût suspecté là un mobile suffisant pour écarter la police de Melvin Davis. N'avait-il pas, de plus, tout essayé pour convaincre Joyce de ne pas porter plainte contre le gangster, allant même jusqu'à l'effrayer, exerçant par-là une intolérable pression! Enfin, la manière détournée dont il avait mis en garde Mortlocke contre toute initiative maladroite en lui rappelant que nombre de gens devaient porter ce prénom de Melvin... Tout semblait indiquer que le superintendant s'efforçait d'empêcher les enquêteurs de s'intéresser à Davis.

En entrant au Yard, Chris se sentait inébranlablement résolu à s'intéresser justement et de très près à Melvin Davis, que cela plût ou non au superintendant.

Le premier soin de Mortlocke sitôt installé à son bureau, fut de se faire apporter le dossier concernant Melvin Davis. Il voulait connaître à fond l'homme qu'il allait combattre et dont la chute assurerait sans doute son propre bonheur. La photo que Chris examina datait de quelques années déjà. Elle montrait un homme de quarante à quarante-cinq ans, assez beau, mais d'une beauté vulgaire. Un mâle sûr de sa force, bouffi de vanité et convaincu d'être un don Juan pour victimes consentantes et d'un monde particulier. L'histoire de Melvin Davis pouvait être la carrière-type de ces aventuriers sans scrupules, toujours en marge de la loi, mais suffisamment intelligents – ou rusés – pour ne pas tomber dans les délits trop graves aux châtiments sévères. Joueur, escroc, proxénète, bookmaker clandestin, fraudeur, Melvin avait tout essayé sans récolter autre chose que des peines légères. Par deux fois cependant, il avait frisé la catastrophe, ayant été accusé de meurtre sur la personne de concurrents dangereux, mais les deux fois, le tribunal avait été dans l'impossibilité de le condamner faute de preuves indiscutables, et grâce à Billy McNamara, homme de loi de fâcheuse réputation. Tous les mauvais garçons de Londres, suffisamment riches pour payer très cher ses services, prenaient McNamara comme défenseur. Sur la plupart des feuillets racontant la vie de Melvin Davis revenaient les mêmes noms, ceux de ses hommes de main : Perry Sadler, le plus ancien, rescapé de dix années de prison, Swan Lake le Gallois, qui comptait cinq ans de privation de liberté à son actif et enfin, le dernier venu, George Phipps, une gouape sortie d'une maison de redressement et qui possédait un casier judiciaire largement pourvu de condamnations pour délits mineurs. Une jolie collection de voyous et de truands. Penser qu'un Melvin Davis et sa bande s'arrogeaient le droit en tout impunité, d'assassiner un brave homme, nouait les muscles de l'inspecteur. Il est vrai que si jamais il convainquait Davis d'avoir tué accidentellement – mais en ayant pris la fuite – une femme et son enfant, le gangster perdrait sa liberté pour si longtemps qu'à son âge, cela équivaudrait à un arrêt de mort, et si Mortlocke parvenait à démontrer que le meurtre de Larry Henderson avait été perpétré sur son ordre, alors ce serait le gibet. Le policier se persuadait que le tenancier du *Rogue's Marche* n'avait pas abattu le mari de Joyce de sa main. Il songeait plutôt à Perry Sadler ou Swan Lake pour une pareille besogne, mais, à la vérité, ceux-là ne l'intéressaient guère. Misérables bohèmes du crime, ils finiraient tôt ou tard par voir les portes d'une prison se refermer définitivement sur eux à moins que le bourreau, un matin, ne leur passât la capuche noire des condamnés à mort.

Ayant rendu le dossier Davis, Chris demanda celui de Barbara Cockburn que Melvin se proposait d'épouser. En examinant attentivement le visage de Barbara, Chris se dit qu'elle avait dû être jolie quelque dix années plus tôt. Une blonde au minois spirituel, mais que l'âge marquait en alourdissant les paupières, griffant le visage, empâtant le cou. Les yeux demeuraient clairs. L'inspecteur convint en lui-même que cette femme n'avait rien d'antipathique, au contraire. Mêlée aux dernières affaires de Davis, elle possédait un dossier au Yard. Originaire du Pays de Galles, elle était arrivée à Londres vers 1945 pour tenir un rôle de girl dans un music-hall de dernière catégorie. Soupçonnée de galanterie, on n'avait pas réussi à l'en accuser formellement, car elle n'avait jamais cessé de travailler : chanteuse, danseuse, entraîneuse, Barbara était passée par toutes les étapes de ce que la vie nocturne de Londres a de plus médiocre. Par deux fois, elle avait payé des amendes pour ivresse sur la voie publique. Melvin n'avait pas dû éprouver beaucoup de mal à l'intégrer à sa bande, car Barbara comptait dans les quarante ans, un âge où une fille de cette sorte est définitivement perdue et vouée aux pires déchéances quand elle n'a pas réussi à sortir, ce qui semblait bien être le cas de miss Cockburn.

Mortlocke refermait le dossier de Barbara lorsque Bolton l'appela. Chris se rendit chez le superintendant, prêt au combat.

Depuis la mort d'Henderson, Richard semblait vouloir revenir au climat d'autrefois dans ses relations avec son adjoint.

– Alors, Chris, bon dimanche?

– Non... un dimanche de célibataire. Je suis resté chez moi pour penser au meurtre de Larry Henderson.

Mortlocke préférait attaquer tout de suite pour bien montrer qu'il n'entendait pas être dupe. Le superintendant marqua le coup et ironisa :

– Vous mettriez-vous à faire du zèle?

– Disons que je tiens à exercer mon métier avec le plus d'enthousiasme possible. Cela pour compenser la résignation de certains de mes collègues ne s'intéressant guère à ce qu'ils entreprennent... ou qui ne songent qu'à éviter les histoires, fût-ce aux dépens de la justice!

– Allons, allons, calmez-vous, inspecteur... et ne calomniez pas le Yard. Il ne mérite pas un jugement aussi partial et aussi injuste. Si votre nervosité découle de votre impatience de savoir ce que nous avons appris sur Mrs. Henderson, je puis vous rassurer.

Bolton saisit quelques feuilles de papier sur son bureau.

– A Doncaster, tous ceux qui l'ont connue ne tarissent pas d'éloges au sujet de Joyce Bowning. Elle fut une sorte de petite fille modèle avant d'être une bonne élève que son sérieux, sa pondération, son influence sur ses camarades désignaient pour la carrière d'institutrice. On ne lui a jamais soupçonné la moindre aventure sentimentale. Cette réserve, d'après ses familiers, venait d'une vertu naturelle, d'une éducation sévère et aussi d'une déception sentimentale, un de ces petits drames de jeune fille qu'on retrouve dans tous les romans réservés aux éditions populaires. Miss Bowning s'était montée quelque peu la tête à propos d'un cousin – Tom Donnely – qui la courtisa comme on peut le faire à seize ans. Puis vers sa dix-huitième année, ce garçon partit pour New york et on n'a jamais plus entendu parler de lui. Miss Bowning en souffrit si l'on considère qu'à l'époque, son zèle pieux redoubla et vous n'ignorez pas que les amoureuses déçues se jettent volontiers dans les bras du Seigneur.

Mortlocke détestait ce persiflage. Il lui semblait qu'on déshabillait Joyce en public pour la railler. Par contre, Richard paraissait ravi de la mine renfrognée de son vis-à-vis.

– Tout le monde à Doncaster se persuadait que miss Bowning ne se marierait pas et qu'elle vieillirait auprès de ses parents, de fort honorables commerçants, ne manquant jamais de se rendre au cinéma le samedi, et au prône le dimanche. Puis, un jour, le défunt Larry Henderson se présenta dans la boutique de Fritzgerald Bowning et y revint de plus en plus fréquemment. L'annonce de son mariage avec miss Bowning surprit car Henderson ne passait pas pour un séducteur. L'opinion unanime fut que Joyce se résignait à faire une fin! Elle enseignait depuis quelque temps à Doncaster et elle obtint son changement pour Londres. La directrice d'école de Notting Hill qui l'eut sous ses ordres est tout aussi élogieuse à son égard que ses concitoyens de Doncaster. J'espère que vous êtes content?

– Pour une fois que, dans notre métier, on rencontre quelqu'un de propre, je ne vois pas pourquoi je n'en éprouverais pas une réelle satisfaction.

– Je ne le vois pas non plus. Maintenant, il s'agit d'éclairer aussi bien notre lanterne en ce qui concerne Larry Henderson. Vous allez vous rendre chez ses employeurs et tâcher de savoir ce qu'ils en pensaient.

– Pourquoi moi?

– Parce que, mon cher, si vous, vous me rapportez un rapport élogieux sur Henderson, je n'aurai aucune raison de le mettre en doute.

Les bureaux de Smith Brown se trouvaient dans Kingsway. Tout y respirait la tradition scrupuleusement observée. On pouvait parier, à coup sûr, que les objets vendus ressemblaient exactement à ceux décrits dans le catalogue. Sans surprise, Chris apprit que Smith et Brown existaient réellement, mais deux générations les séparaient. Il demanda à parler d'abord à Mr. Smith, l'aîné.

Josuah Smith, un vieillard d'allure victorienne, se tenait dans un bureau sombre aux lourds meubles acajou qu'éclairaient de loin en loin des porcelaines aux reflets estompés. Tout ici s'affirmait solennel et la moindre peccadille devait y prendre des allures de monstrueux forfaits. Josuah Smith portait un col empesé et des lunettes d'or. Son accueil fut glacial, mais courtois.

– Vous admettez, inspecteur, que n'étant pas habitué à recevoir des gentlemen appartenant à la police, je sois un peu surpris de votre visite.

– Je suis là, sir, pour vous prier de me parler de Larry Henderson.

– Le malheureux! Quelle triste fin... Il travaillait chez nous depuis des années et nous n'avions qu'à nous louer de ses services. Un excellent représentant, estimé de la clientèle. Il est entré dans notre maison quelques années avant la guerre et a parcouru très vite les emplois secondaires où nous obligeons à défiler tous ceux qui nous inspirent confiance car, nous tenons à ce qu'ils connaissent tout de nos différentes activités et des différents services. Après la guerre, nous avons accueilli avec plaisir le retour d'Henderson. Nous comptions beaucoup sur lui pour devenir une des têtes de notre entreprise, mais il tenait à son métier de représentant et, en dépit de toutes nos promesses, il refusa de renoncer à ses voyages. Il avait la vocation de la route, si je puis dire. Sa mort est pour nous une grosse perte et un chagrin. Nous l'estimions infiniment. Nous tâcherons de faire quelque chose pour sa veuve qui, heureusement, exerce un métier la mettant à l'abri du besoin.

– En dehors de ses qualités de représentant de

votre maison, que pensiez-vous d'Henderson en tant qu'homme, sir?

– Je vous avouerai que nos rapports étaient rares. C'est mon associé, Evelyn Brown, qui a la haute main sur la publicité, la représentation, etc. Il vous fournira beaucoup mieux que moi les renseignements que vous sollicitez, inspecteur. Tout ce que je sais, c'est que Larry Henderson jouissait d'une excellente réputation, qu'il avait contracté un mariage correct... sorti de là... En tout cas, je puis vous assurer que nous estimons le meurtre d'Henderson comme... un chose tout à fait... inadmissible, et je souhaite que vous mettiez au plus vite la main sur le misérable!

Visiblement, pour Josuah Smith, le crime ne relevait pas des gestes qu'un gentleman pouvait se permettre sans se déshonorer. Le policier l'assura que le Yard mettrait tout en œuvre pour aboutir au plus tôt et, en sortant, il respira largement comme pour reprendre contact avec la vie.

Evelyn Brown ne ressemblait en rien à son associé. Quadragénaire élégant, vêtu à la dernière mode de Bond Street, une fleur à la boutonnière, il paraissait fort décidé à traiter le passé avec respect, mais non avec servilité. Mortlocke jugea que l'installation de son bureau avait dû pousser Josuah Smith à croire à la fin du monde, tout au moins à la fin du monde qu'il aimait, où il s'entêtait à vivre parce que contemporain de la fabuleuse réussite britannique. Ici, les meubles montraient des teintes claires et les objets qui s'y trouvaient disséminés relevaient de l'art d'avant-garde. De quoi donner un coup de sang à tous les Smith du Royaume-Uni. Brown reçut Chris avec cordialité et tout de suite lui offrit un verre que le policier refusa.

– Votre associé m'a confié toute l'estime qu'il portait à Larry Henderson dans son rôle de représentant de votre maison. J'aimerais que vous me disiez, sir, ce que vous en pensiez en dehors de son travail.

— Vous l'avez connu?

— J'ai pris le thé avec lui, une fois, peu avant sa mort.

— Eh bien! vous avez dû le juger?

— C'est votre opinion que je souhaiterais connaître, sir.

— Il paraît qu'avant la guerre, Henderson était un type comme les autres. Dans ce cas, il avait bien changé. Il venait me voir deux ou trois fois par trimestre pour me rendre compte. Jamais un mot drôle, jamais un sourire. Ce type paraissait vivre dans une angoisse perpétuelle. On l'aurait cru tenaillé par le remords ou redoutant un châtiment. Vous voyez? Il ne fréquentait aucun de ses collègues et n'assistait presque jamais à nos petites fêtes, sauf à Christmas, mais sans sa femme. Un drôle de garçon! Et tenez, sa mort violente ne m'a pas tellement surpris!

— Qu'entendez-vous par-là, sir?

— Que les gens destinés à mourir assassinés doivent avoir une tête spéciale, une tête de catastrophe comme celle de ce pauvre Henderson. Est-ce qu'on a une idée de l'auteur du meurtre?

— Absolument pas.

— C'est curieux. Je ne parviens pas à me persuader que quelqu'un ait pu en vouloir à Henderson au point de le tuer!

— Vous a-t-il rendu visite ces derniers temps?

— Attendez que je consulte mon agenda... Oui, il y a une quinzaine...

— Et vous n'avez rien remarqué de spécial en lui?

— Ma foi, non, sauf que peut-être, il se montrait encore plus désabusé que de coutume, plus amer.

— Sans qu'il vous ait donné ou laissé supposer les raisons de cette amertume?

— Henderson ne se déboutonnait jamais. Il parlait de son métier et de rien d'autre. Quand il s'est marié, il nous a annoncé la chose en glissant très vite, si bien que nous en avons été un peu choqués et que nous ne lui avons pas offert le cadeau habituel en pareille circonstance. Un garçon qui n'inspirait pas la sympathie, inspecteur, ni l'animosité d'ailleurs. Il énervait, mais dès qu'il refermait la porte sur lui, on l'oubliait.

– Il y en a pourtant un qui ne l'a pas oublié.

– Oui... C'est inconcevable... Comment est sa femme?

– Fort bien.

– Par exemple! Je m'imaginais quelque dragon moustachu ayant toujours le rouleau à pâtisserie entre les doigts quand elle n'était pas en train de corriger les cahiers de ses élèves.

– Vous vous trompiez, sir.

Et pour appuyer ses dires, Mortlocke brossa un tableau rapide, mais enthousiaste, de Joyce. Brown sourit.

– Elle semble vous avoir causé forte impression, hé? Mais où diable Henderson avait-il pu dénicher une fille comme ça?

– A Doncaster.

Evelyn Brown eut un soupir et conclut :

– Nous autres, Londoniens, nous ignorons tout des richesses de la province!

Lorsque Mortlocke eut terminé son rapport à Bolton, le superintendant résuma son opinion :

– En somme, il apparaît que Mrs. Henderson nous a dit la vérité sur tous les points. Je sais, je sais que vous me l'assuriez, inspecteur, mais je préfère des preuves plus convaincantes. Maintenant, je les ai et nous allons pouvoir nous occuper exclusivement de Melvin Davis.

Un peu surpris, Chris s'exclama :

– Vraiment, vous êtes d'accord?

– Pourquoi ne le serais-je pas? Vous témoignez par moments de curieuses idées en ce qui touche mon activité, mon cher. Et tout cela parce que je me veux moins impétueux que vous? Croyez-moi, ma pondération peut vous impatienter, mais elle nous évite bien des faux pas. Melvin Davis est un gibier difficile... rusé. Nous ne l'aurons pas à l'intimidation. Il faut le coincer de manière irréfutable. Comment? Je vous avoue que, pour le moment, je l'ignore, mais nous prendrons le temps de réfléchir...

– Pendant que nous réfléchirons, Davis peut filer!

– Où?

– Çà...

– Il vient de monter une boîte qui a dû lui coûter gros, il est sur le point de se marier. Pour quelles raisons se sauverait-il, à moins que nous ne lui mettions la puce à l'oreille?

– Davis n'est pas sot et s'il nous sent rôder autour de lui...

– Justement, Mortlocke, il importe essentiellement qu'il ne s'aperçoive pas de quoi que ce soit. Nous le convoquerons sous un prétexte quelconque et nous tâcherons de deviner ce qu'il pense, ce qu'il craint, ce qu'il espère... C'est la raison pour laquelle je ne crois pas opportun de conseiller à Mrs. Henderson de porter plainte contre Davis. McNamara aurait tôt fait non seulement de disculper son client, mais encore de réclamer des dommages-intérêts qu'il obtiendrait.

– Ce serait un comble!

– La loi est la loi. Dois-je vous le rappeler?

De nouveau, le dialogue tournait à l'aigre parce que Bolton ne pouvait se départir d'un certain persiflage exaspérant Chris qui, de son côté, ne parvenait pas à masquer sa hargne à l'égard de son supérieur. L'arrivée de Mrs. Henderson interrompit la conversation. Le superintendant la fit entrer dans son bureau, puis il enregistra sa plainte contre inconnu en ajoutant au dossier les lettres de menaces qu'elle avait reçues. Il la congédia sur des promesses.

– Mrs. Henderson, si Melvin Davis est vraiment

le meurtrier de votre mari, nous l'aurons, je vous en donne ma parole, mais je vous répète que dans votre intérêt, il ne faut rien brusquer. Je réclame donc, de votre part, de la patience et de la confiance.

Sans se soucier de ce qu'en penserait Bolton, Mortlocke sortit en compagnie de Joyce qu'il jugeait plus belle encore dans ses vêtements de deuil. Il la persuada de prendre le thé en sa compagnie. Quand ils furent installés, l'un en face de l'autre, Chris assura Joyce qu'elle pouvait compter sur lui.

– Je ne suis pas certain que le superintendant ajoute complètement foi à vos griefs contre Davis. Il y cherche le fruit de je ne sais quelle exaltation...

– Mais pourquoi refuse-t-il de me croire? La mort de mon mari n'est-elle pas une preuve suffisante?

– Vous répondre serait, de ma part, affirmer ce qui n'est encore qu'un soupçon... Qu'il vous suffise de savoir que moi, je vous crois. Je vous jure, Mrs. Henderson, que j'aurai Melvin Davis même si cela doit me coûter ma carrière!

Elle le regarda et il y avait dans ses yeux une douceur qui bouleversa Mortlocke.

– Je vous remercie de votre sympathie... mais pour quelles raisons risqueriez-vous votre place pour moi?

– Parce qu'entre Davis et moi, il y a d'abord un vieux compte à régler, ensuite...

Il se tut, ne sachant de quelle façon continuer.

– Ensuite?

Alors, il brûla ses vaisseaux.

– Ensuite, parce que depuis que je vous ai vue, je ne cesse de penser à vous... que j'ai besoin de vous rencontrer, de vous parler...

Rougissante, elle tente de lui imposer le silence.

– Mais inspecteur...

– Je m'appelle Christopher, vous savez? Chris pour ceux qui ne me détestent pas...

— Je ne suis veuve que depuis quarante-huit heures.

— Aussi, je ne réclame que votre amitié...

— Mon amitié, vous l'avez, ins...

— Chris, s'il vous plaît?

Elle sourit.

— Eh bien! va pour Chris... A condition que, de votre côté, vous m'appeliez Joyce?

— Avec joie!

— Franchement, Chris, je ne comprends pas ce que vous pouvez me trouver. Je ne suis ni jolie, ni élégante... Une femme très ordinaire qui mène une existence médiocre... Qu'y a-t-il d'intéressant là-dedans?

— Vous êtes la femme que j'aurais voulu rencontrer plus tôt.

Et Chris se raconta. Il parla de son échec avec Suzan, de son amertume constante. Elle l'écouta avec sympathie.

— Vous êtes sûrement un brave garçon, Chris, mais ne laissez pas votre imagination vous emporter. Efforcez-vous de voir les choses comme elles sont et, moi-même, ne me faites pas différente de ce que je suis en m'attribuant des qualités que je n'ai pas. Je vous l'ai dit. En dépit de ses faiblesses, j'aimais Larry. Il est mort injustement et cette injustice me révolte. Il semble que ce que je peux tenter de plus loyal pour lui maintenant, c'est d'user toutes mes forces à aider au châtiment de son meurtrier.

— Je vous seconderai!

— Je le sais et c'est pourquoi je vous ai écouté divaguer un peu, n'est-ce pas? Mais de façon bien sympathique. Et puis, pourquoi le cacher? Personne ne m'a jamais courtisée et... et c'est agréable. Je présume que ce soir, je vais me regarder attentivement dans ma glace, avec un peu plus de confiance, et cela à cause de vous. Je vous en remercie.

Quand elle le quitta, Chris se jura qu'il resterait vieux garçon s'il ne pouvait avoir Joyce pour femme.

Il était convenu qu'il lui téléphonerait afin de la tenir au courant de la marche de son enquête. Lorsque les circonstances l'exigeraient, ils se rencontreraient, mais pour l'heure, Joyce devait prêter attention à ne point scandaliser ses voisins.

Cette nuit-là, Chris s'endormit en rêvant au jour merveilleux où Joyce Henderson deviendrait Joyce Mortlocke.

Le lendemain, à quinze heures, Melvin Davis se présenta dans le bureau du superintendant Richard Bolton, ainsi qu'il en avait été prié par un agent du Yard qui l'avait surpris à l'heure de l'apéritif, alors qu'il recevait de vieux amis avec qui il parlait du bon temps. Christopher Mortlocke assistait à l'entretien.

Masquant son inquiétude sous une apparence joviale, Melvin entra, le sourire aux lèvres :

– Salut, super... salut, inspecteur.

Les policiers ne répondirent pas. Davis tendit la main à Bolton qui feignit de ne pas la voir. Du coup, Chris surprit l'inquiétude crispant les traits du gangster déchu. Car il apparaissait bien déchu le beau Melvin Davis. Des plis profonds lui coupaient le visage. Les yeux injectés trahissaient le foie en mauvais état du buveur invétéré. Ses grosses mains ornées de bagues voyantes tremblaient légèrement. Angoisse ou éthylisme? Sèchement, Richard ordonna :

– Asseyez-vous, Davis.

Le visiteur obéit, regardant tour à tour les deux policiers.

– Qu'est-ce que vous machinez contre moi, super?

– Nous n'avons pas pour habitude de machiner – comme vous dites – quoi que ce soit.

– Alors, pourquoi m'avoir convoqué?

– Parce qu'il y a longtemps que nous n'avons eu de vos nouvelles.

– Eh bien, c'est bon, non?

— Si on veut... Quel est votre job en ce moment, Davis?

— Ne me racontez pas que vous n'êtes pas au courant? On a assez parlé de l'ouverture de ma boîte dans Beak Street! Vous y serez toujours les bienvenus, d'ailleurs...

— Ça, c'est une autre chanson...

— Je regrette que vous n'ayez pas confiance, super!

— Ça vous étonne?

— Super, vous me peinez!

— J'en suis bien fâché... Et qu'est-ce que c'est que cette histoire de mariage annoncé à grand fracas?

— Parce que je n'ai pas le droit de me marier?

— Je ne vous vois guère fondant une famille.

Davis rit lourdement.

— N'exagérons pas... J'ai cinquante ans et Barbara est sur ses quarante-cinq... On n'a pas l'intention de pouponner à nos âges!

— Alors, pourquoi?

— Le besoin de faire une fin, super... Barbara est une bonne fille et j'ai envie d'avoir quelqu'un à mes côtés en vieillissant. Je pense que c'est un peu notre sort à tous, non?

— Qu'est-ce que vous avez comme voiture?

Un peu désarçonné par cette question imprévue, Davis donna l'impression d'hésiter.

— Ce que j'ai comme... Une Hillman. Pourquoi?

— C'est moi qui pose les questions.

— Bon, j'ai une Hillman, et puis?

— Vous sortez beaucoup avec?

— Pas tellement. A cause du stationnement.

— Vous n'êtes pas allé vous promener dans le nord du pays ces temps derniers?

— Dans le nord? Je ne me souviens pas...

Mortlocke, qui ne quittait pas Davis des yeux, sut qu'il mentait.

— Du côté d'Harrogate, par exemple?

Ce coup-là, le gangster perdit son sang-froid.

– Pourquoi Harrogate? A quoi voulez-vous en arriver?
– Vous n'avez pas répondu, Davis.
– Non, je n'ai pas été à Harrogate! Je n'ai rien à foutre à Harrogate!
– Curieux...
– Curieux?
– Parce que des témoins affirment y avoir aperçu votre voiture il y a trois semaines environ.
– Des inventions!
– Pourquoi?
– Quoi, pourquoi?
– Pourquoi des gens affirmeraient-ils qu'ils ont repéré votre voiture si ce n'est pas vrai?
– Est-ce que je sais, moi? Des dingues, il y en a partout!
– Mais il est rare qu'ils se retrouvent tous au même endroit et qu'ils soient tous victimes de la même hallucination.
– Et puis, il y a ceux qui m'en veulent!
– Est-ce possible?
– Vous vous doutez bien, super, que je n'ai pas suivi mon chemin sans marcher sur quelques pieds.
– Ce n'est pas vrai?
– Si.
– Alors, si j'ose dire, ce sont ces pieds qui?...
– Parbleu!
Bolton changea brusquement de ton.
– Et pour quels motifs estimeraient-ils vous porter préjudice en signalant votre présence à Harrogate?
– Çà, je l'ignore!
– Vous me prenez pour un imbécile, Davis?
– Sûrement pas, super...
– Alors, cessez d'agir comme si vous me teniez pour un sot!
– Mais, à la fin des fins, qu'est-ce que vous me reprochez?
– Rien.

— Rien? Alors, pourquoi tout ce...

— Simple histoire de causer, de renouer des relations qui s'espaçaient...

— Moi, j'y suis pas tellement porté... Vous m'excuserez, super, mais avec le Yard, je préfère garder mes distances...

— Oh! vous savez, on ne vit pas toujours selon ses préférences... Au revoir, Davis.

— Je peux... m'en aller?

— Parce que c'est vous qui désirez rester, maintenant?

— Non, oh non! Adieu, gentlemen!

— Davis?

— Super?

— C'est au revoir que je vous ai dit et non adieu. N'oubliez pas.

Quand ils furent de nouveau seuls, Bolton remarqua :

— Le bonhomme ne sera pas facile à prendre en défaut... Enfin, ne désespérons pas. Nous le harcèlerons... discrètement car s'il se plaignait de notre indiscrétion, nous serions obligés de fournir des raisons que... nous n'avons pas. N'oublions pas que pour l'heure. Davis ayant réglé ses dettes connues à la société, est un citoyen comme les autres, jouissant des privilèges communs à tous et dont le principal est qu'on lui fiche la paix. C'est bien votre avis, Mortlocke?

— Si vous voulez...

— Pardonnez-moi, inspecteur, mais comment dois-je interpréter votre réponse?

— Comme il vous plaira, sir.

Le superintendant pouvait comprendre bien des choses, mais il n'avait jamais admis qu'on lui manquât de respect ou qu'on le traitât avec désinvolture. Il se contint, car Chris le poussait un peu trop facilement à bout ces derniers temps. Très sèchement, il ordonna :

– Expliquez-vous! C'est un ordre!
– Très bien, sir.
Mortlocke se leva et, s'appuyant de deux mains sur le bureau de son chef, déclara d'une voix vibrante de passion :
– Pour moi, la culpabilité de Melvin Davis est flagrante et tant que j'aurai l'honneur d'appartenir au Yard, je n'accepterai pas qu'un criminel puisse échapper au châtiment qu'il mérite. Je ferai pendre Davis, sir.
– Inspecteur, j'ai le sentiment que vous apportez dans cette affaire un acharnement qui n'est pas de mise avec vos fonctions!
– Si vous appelez acharnement la volonté de remplir la mission pour laquelle je suis payé, alors oui, j'y mets de l'acharnement, mais cela compense la mollesse de certains.
– Prenez garde, Mortlocke. Je dois me souvenir de notre amitié ancienne pour ne pas donner à votre attitude les suites disciplinaires qu'elle comporte!
– Moi-même, sir, je dois me rappeler nos relations pour m'être volontairement maintenu jusqu'ici dans une expectative qui facilite le jeu de Melvin Davis.
A son tour, Richard Bolton se leva.
– Ecoutez-moi bien, Mortlocke, car je ne répéterai pas cet avertissement : si vous vous permettez la moindre initiative contre Davis, je vous colle à pied!
– Eh bien! dans ce cas, vous aurez droit à la reconnaissance de Melvin Davis!
Et sans attendre que son supérieur le congédie, Chris sortit de la pièce pour gagner son propre bureau où il téléphona à Joyce Henderson afin de lui demander de la rencontrer le soir même, ayant du nouveau à lui apprendre.

En voyant le visage de son mari lorsqu'il rentra pour le lunch, Janet s'inquiéta :

— Quelque chose qui ne va pas, Dick (1)?
— Laissez-moi...
— Je vous ai préparé des rognons grillés avec des...
— Je n'ai pas faim.

Mrs. Bolton connaissait trop bien son époux pour ne pas savoir qu'il importait de ne pas lui ficher la paix comme il feignait de le désirer. Elle s'approcha de lui :

— Vous êtes malade?
— Mais non, je ne suis pas malade!
— Alors, qu'avez-vous?
— Des ennuis...
— Au bureau?
— Où voulez-vous que ce soit?
— Une enquête qui ne marche pas comme vous l'espériez?
— Ça, vous pouvez le dire!

Janet sourit intérieurement. Le mécanisme était déclenché : Dick lui raconterait tout et elle le consolerait, tâche qu'elle assumait depuis des années. Elle prit place dans le fauteuil face à celui occupé par son mari.

— Parlez-moi, Dicky?
— Oh! c'est cet imbécile de Mortlocke...
— Chris? Qu'est-ce qu'il a fait?
— Il devient fou.
— Fou? Ce n'est pas possible!
— Mais enfin, vous exagérez forcément : on ne devient pas fou comme ça, sans que personne ne s'en aperçoive, et pourquoi serait-il devenu fou, d'abord?
— Parce qu'il est amoureux!

Janet eut un rire clair.

— Si ce n'est que ça, il n'y a pas grand danger! Ça lui passera! et d'abord, Dick, oseriez-vous prétendre que vous n'étiez pas un peu fou lorsque vous me

(1) Diminutif de Richard.

courtisiez? Ne dites pas le contraire ou vous me vexeriez!

Le superintendant ne se dérida pas.

– Il n'y a pas de quoi plaisanter, Janet, je vous assure. Chris est en train d'agir de manière à être cassé!

– Qu'est-ce que c'est que cette histoire?

– Toujours la même! Il a commencé par me tenir rigueur de ne pas attacher aux propos de Mrs. Henderson – dont il est épris – tout l'intérêt qu'il estimait devoir leur être accordé. Je dois confesser que sur ce point, il n'avait pas tort et le meurtre de Mr. Henderson m'a surpris et... gêné. Cependant, de toute façon, je ne pouvais le protéger contre son gré, n'est-ce pas?

– Bien sûr.

– Chris m'a battu froid du moment où je n'ai pas partagé son enthousiasme pour Joyce Henderson.

– Elle ne vous plaît vraiment pas?

– Au contraire! C'est une femme comme il faut, agréable, sans être particulièrement jolie, comme il faut, et je suis persuadé que si elle accepte Mortlocke pour époux, il sera très heureux avec elle.

– Alors, pourquoi ne le lui avez-vous pas dit?

– Quoi?

– Ce que vous venez de me dire. Je suis convaincue que Chris en aurait été très content et que votre petite brouille se fût dissipée!

– Ce n'est quand même pas à moi de m'excuser auprès de mon adjoint!

– Dick, cela ne vous ressemble pas!

– Bon. Eh bien, si vous prenez parti contre moi...

– J'essaie simplement d'être juste. Mais il a dû se passer quelque chose d'autre pour que vous ayez cet air sens dessus dessous.

Et Bolton raconta les insolences de Mortlocke à son égard, son entêtement à ne pas respecter les règlements tant il a hâte de mettre la main au collet de Melvin Davis. Il conclut :

– Cet imbécile ne comprend pas que s'il outrepasse ses droits, Davis ne ratera pas l'occasion de lui faire donner sur les doigts et je ne pourrai rien pour le protéger.

– Mais vous, Dick, vous pensez que ce Davis est coupable?

– Je n'en sais rien.

– Vous avez bien une idée, tout de même?

– Vous êtes comme Chris, Janet. Mettez-vous dans l'esprit que dans notre métier, ce que l'on pense ne compte pas. Il n'y a que les preuves et tant que nous n'aurons pas la preuve de son crime, pour moi Davis sera innocent.

Janet n'éprouva plus l'envie de rire.

– A votre avis, que tentera Mortlocke?

– Je l'ignore. Mais je m'attends à une fameuse bêtise! Et je ne vois aucun moyen de l'empêcher...

– Si, Dick, il y en a un...

– Vraiment? Et lequel, s'il vous plaît?

– Vous m'avez assuré que c'est pour plaire à cette Joyce Henderson que Chris se conduit de façon extravagante, n'est-ce pas?

– Oui, et alors?

– Convoquez cette jeune femme et demandez-lui d'user de son influence sur son amoureux pour le ramener au bon sens.

– Moi? Vous êtes folle, ma parole!

Et Janet comprit que si son mari se refusait à cette démarche incompatible avec sa dignité, il souhaitait qu'elle s'en chargeât.

Vers six heures du soir, Chris retrouva Joyce dans leur bar habituel. D'abord, la jeune femme témoigna d'une extrême réserve.

– J'espère, inspecteur, que vous n'abusez pas de ma bonne foi et que vous avez réellement quelque chose d'important à me confier? Il me déplairait de constater qu'il s'agit d'une ruse pour... enfin, pour me revoir.

— Je vous en prie, Joyce... Je suis assez grand pour vous dire honnêtement que j'ai envie de vous rencontrer.

Elle parut soulagée.

— J'aime mieux ça, Chris... C'est vrai, j'ai une horreur presque maladive de tout ce qui, de près ou de loin, ressemble à un mensonge, à une tromperie. Alors, que se passe-t-il?

Mortlocke résuma l'entrevue ayant eu lieu entre Melvin Davis, le superintendant et lui-même. Puis la scène qui s'en était suivie entre Bolton et lui. Joyce s'inquiéta.

— Pardonnez-moi, Chris, mais votre attitude n'est-elle pas imprudente?

— Prudente ou imprudente, cela m'est égal, je veux que votre mari soit vengé!

— A mon tour de vous demander : pourquoi cet acharnement?

— Parce qu'il me semble que si je venge Mr. Henderson, j'aurai payé ma dette envers lui.

— Votre dette?

— Eh bien... vous savez maintenant les sentiments que je vous porte... Il me semble que... que je n'aurais plus l'impression de... de vous voler à lui.

Sévère, Joyce rétorqua :

— Chris, vous n'êtes plus un jeune homme et je m'étonne qu'à votre âge, vous cédiez à un emballement qui... qui ne repose sur rien. J'admets que je vous sois sympathique, mais d'ici à bâtir des projets d'avenir, surtout au lendemain de la mort de Larry... il y a là quelque chose de ... d'incorrect et de trop naïf pour que je ne vous mette pas en garde. Notez que c'est parce que je suis convaincue de votre sincérité que je ne romps pas toute relation avec vous, mais il faut absolument que vous agissiez avec plus de sang-froid. Votre sympathie m'est agréable, j'en suis convenue, mais ce n'est pas une raison pour imaginer que je suis déjà Mrs. Mortlocke... Excusez-moi si je vous inflige quelque peine, mais la vie est plus sérieuse que cela, Chris. En tout cas, je ne tolérerais pas que vous vous brouilliez avec votre chef et que vous compromettiez votre carrière pour... pour ce qui n'est encore qu'une chimère!

Chris secoua la tête.

– Vous ne m'avez pas totalement compris, Joyce. Si je veux qu'on pende Melvin Davis, c'est d'abord pour qu'il paie le meurtre de votre mari, mais ensuite, c'est parce que je ne puis supporter l'idée qu'un fonctionnaire du Yard ait partie liée avec un voyou!

– Rien ne vous autorise à prétendre que le superintendant...

– Rien? Il n'a de cesse de me recommander de ne pas mettre la puce à l'oreille de Davis et son premier soin, sitôt que l'autre est assis dans son bureau, est de lui parler de son Hillman et d'Harrogate! Vous pensez que maintenant, Davis, s'il a laissé des traces là-bas, se dépêchera de les effacer! De plus, très nettement, le gangster s'est troublé quand Bolton a fait allusion à sa voiture et plus encore lorsqu'il a prononcé le nom d'Harrogate. Cela aurait crevé les yeux d'un apprenti-détective. Eh bien! Bolton n'a pas bougé. J'ai cru qu'il allait foncer et confondre Davis. Au lieu de cela, il l'a congédié avec quelques menaces voilées qui m'étaient beaucoup plus destinées qu'à lui...

– Mais enfin, pour quelles raisons votre chef se conduirait-il ainsi?

– Je l'ignore. Je suppose que Bolton a touché de l'argent de Davis à un moment ou à un autre de sa carrière et qu'il ne peut, dès lors, le poursuivre sans risquer de se perdre avec lui.

– C'est grave ce que vous avancez là...

– Je sais, et croyez-moi, cela m'est extrêmement pénible... J'aimais bien Richard et aussi Janet, sa femme. Ils étaient mes seuls amis...

– Justement. Réfléchissez avant de foncer droit devant vous!

— Non. Il y a des questions sur lesquelles on n'a pas le droit de réfléchir, celles qui touchent à l'honneur par exemple. Vous devez comprendre, Joyce, que demeuré orphelin très jeune, j'ai été sevré d'affection. J'ai cru trouver cette chaleur humaine dont je me sentais frustré auprès de Suzan, ma femme, je vous ai dit ce qu'il en avait été. Alors, je me suis rabattu sur mon métier. Pour moi, le Yard est la seule famille que j'ai au monde. Aussi, je ne puis admettre qu'un membre de cette famille se conduise mal. Ma décision est prise : je conduirai Melvin Davis à la potence, même si cela doit marquer la fin de Richard Bolton, même si cela doit me désespérer...

Avant de répondre, Joyce regarda longuement son interlocuteur.

— Rien ne vous fera revenir sur votre décision, n'est-ce pas, Chris?

— Rien.

Si la révélation du caractère de Mortlocke avait été une surprise pour Mrs. Henderson, le lendemain devait lui en apporter une autre. Comme elle sortait de son école après avoir pris congé de ses collègues, elle vit une jolie jeune femme s'approcher d'elle et lui demander :

— Vous êtes Mrs. Henderson?

— Oui, Mrs.?...

— Mrs. Bolton, Janet Bolton.

Joyce ne put dissimuler sa surprise.

— La femme de ?...

— Du superintendant du Yard. Pourrais-je m'entretenir avec vous quelques instants, Mrs. Henderson?

— Mais volontiers... Ma maison n'est qu'à quelques pas d'ici. Nous prendrons le thé ensemble, si vous voulez bien l'accepter?

— Avec plaisir.

Elles se turent, l'une et l'autre gênées, et couvrirent en silence la courte distance séparant l'école où Mrs. Henderson enseignait, de sa maison.

Dans le living, toutes deux rusèrent – dans une sorte de complicité mutuelle – pour ne point aborder immédiatement le sujet délicat motivant la visite de Mrs. Bolton. Joyce prépara le thé et ce n'est que lorsqu'elles furent installées, tasse en main, que Janet se décida.

– Mrs. Henderson, je ne connaissais pas votre mari, mais je comprends quel peut être votre chagrin...

– Merci.

– Ce que j'ai à vous dire est délicat et d'avance, je vous prie de me pardonner si je semble me mêler de ce qui ne me regarde pas.

– Vous êtes tout excusée, Mrs. Bolton. Vous ne ressemblez pas du tout à une femme se préoccupant des histoires d'autrui avec de mauvaises intentions.

– Vous me facilitez ma tâche, Mrs. Henderson. Il s'agit de Chris Mortlocke. Permettez-moi d'y aller carrément : il vous aime.

Joyce eut un haut-le-corps.

– Je sais, je sais, vous jugez sans doute indécent de parler d'amour, alors que votre mari... mais soyez persuadée que si je n'y étais pas obligée... Mrs. Henderson, à cause de cet amour, Chris est en train de commettre des bêtises.

– Je ne vois pas à quel titre je...

– Laissez-moi dévider tout ce que j'ai à vous dire jusqu'au bout, autrement, je n'y parviendrai pas. Chris est un garçon qui n'a jamais eu beaucoup de chance. Une enfance difficile, un mariage malheureux... bref, mon mari et moi nous nous sommes attachés à lui et je le considérais un peu comme un beau-frère. Il a rompu brutalement avec nous du jour où il vous a rencontrée.

– Croyez bien, Mrs. Bolton, que ce n'est pas ma faute!

– Je n'en doute pas, sinon je ne serais pas ici.

Dès votre première rencontre, Chris a eu le coup de foudre. Mon mari a bien essayé de le mettre en garde, de le calmer, il a échoué. Il s'est fâché avec Richard – mon époux – car il lui semblait que ce dernier ne montrait pas un zèle suffisant à défendre votre cause. Chris s'est mis en tête de venger Mr. Henderson pour... comment dirais-je ? – pour être digne de vous. C'est un exalté, sous ses dehors renfermés. J'ai l'impression qu'il entend vous conquérir, et pour cela, abattre au plus vite celui qu'il tient pour votre adversaire : Melvin Davis.

– N'est-ce pas vrai?

– Cela, Mrs. Henderson, je l'ignore, et mon mari n'en sait pas plus que moi. Il paraît que ce Davis est un homme rusé et très fort. Il importe donc de prendre beaucoup de précautions pour tenter d'en venir à bout. Richard souhaiterait ne frapper qu'à coup sûr, lorsqu'il possédera toutes les preuve de la culpabilité de Davis. Or, Mortlocke ne l'entend pas de cette oreille. Il veut foncer en dépit de toutes les recommandations qui lui sont répétées. Richard est sûr qu'en se conduisant de la sorte, non seulement il court à un échec sur le plan professionnel, mais aussi à de grands risques personnels. Mon mari ne pourrait longtemps fermer les yeux sur des actes d'indiscipline qui se multiplieraient et qui auraient une fâcheuse publicité.

– Je comprends. Qu'attendez-vous de moi, Mrs. Bolton?

– Chris ne se conduit de cette façon que parce qu'il vous aime. Ne pourriez-vous user de votre influence pour lui recommander de se calmer, d'écouter Richard? Je souhaiterais tant le préserver contre lui-même, Mrs. Henderson, mais moi, il ne m'écoutera pas. Je n'ai d'espoir qu'en vous.

– Je crains que vous ne me prêtiez un pouvoir que je possède pas. Certes, Chris Mortlocke m'a confié tout à trac les sentiments que j'éveillais en lui. Je lui ai répondu comme je le devais en lui rappelant que, veuve de très fraîche date, je chérissais mon mari et ne songeais pas du tout à le remplacer pour l'instant, qu'enfin il ne suffisait pas d'aimer pour être aimé. Je ne me rappelle plus si je me suis exprimée avec autant de précision, mais enfin, ce fut le sens du discours que je lui adressai. J'ai même précisé qu'un pareil emballement me surprenait de la part d'un homme de son âge.

– Comment a-t-il réagi?

– A tout vous avouer, j'ai l'impression qu'il ne m'a guère écoutée.

– Nous ne pouvons quand même pas le laisser flanquer sa carrière par terre!

– Pour vous être agréable, Mrs. Bolton, et parce que ma responsabilité est un peu engagée, puisque c'est moi qui me suis rendue au Yard, j'essaierai de lui faire entendre raison, mais je ne vous garantis pas la réussite.

– Moi, je suis sûre qu'il vous écoutera.

– J'aimerais partager votre certitude.

En prenant congé, Mrs. Bolton assura son hôtesse de son plaisir d'avoir fait sa connaissance et qu'elle comprenait l'attachement de Chris à son égard.

Après le départ de Janet, Joyce resta un long moment à méditer sur les raisons profondes de cette visite. Mrs. Bolton paraissait sincère et semblait avoir de l'affection pour Mortlocke. Mais Mrs. Henderson ne pouvait oublier ce que lui avait dit l'inspecteur et dès lors, elle se voyait contrainte de se poser la question : Janet lui avait-elle rendu visite pour sauver Mortlocke ou pour protéger Davis?

CHAPITRE IV

Quand on le prévint qu'une Mrs. Henderson l'avait appelé, Chris Mortlocke sentit un grand trouble l'envahir. Tout entier à la proie de ses songes, il ne douta pas un instant que Joyce ne réclamait sa présence pour autre chose que le besoin de l'avoir près d'elle, de réchauffer sa solitude au contact de sa tendresse avouée. Aussi incroyable que cela puisse paraître, Mortlocke s'avérait suffisamment perdu dans sa passion pour ne tenir aucun compte d'une réalité dont les principaux points s'affirmaient la décence, la personne de Joyce, son attitude quand il lui avait parlé de ce qu'il éprouvait. Tout s'effaçait devant l'exaltation de son amour et sans y prendre garde, il raisonnait juste dans un univers faux. Bien que Mrs. Henderson ait annoncé qu'elle rappellerait, le policier ne put y tenir et la demanda à son école. On lui apprit, après une légère attente, que sa commission transmise, Mrs. Henderson priait qu'on la rappelle chez elle à l'heure du lunch, car elle ne saurait se déranger pendant sa classe. Chris maudit les impératifs de l'enseignement public et essaya, pour calmer son impatience, de se replonger dans les rapports ayant trait à l'accident d'Harrogate. En vain.

A treize heures, Joyce décrocha pour répondre à Mortlocke et tout de suite, lui déclara sèchement qu'elle lui interdisait de l'appeler à son école. Elle ne tenait pas à être compromise. Dans sa situation, elle devait, plus qu'une autre, veiller à sa réputation. Chris se confondit en hypocrites excuses et promit qu'il ne recommencerait plus. Sa correspondante voulut bien le croire et changea de ton pour lui apprendre qu'elle souhaitait le rencontrer le soir même afin de le mettre au courant d'une étrange visite dont elle ne tenait pas à parler par téléphone. Mortlocke essaya bien d'obtenir quelques éclaircissements, mais Joyce s'y refusa. Tout au plus consentit-elle à lui assurer qu'elle ne se trouvait pas en danger et que la personne venue lui parler ne touchait pas – du moins officiellement – au milieu de Melvin Davis.

Dans l'après-midi, Richard Bolton – à qui sa femme avait fait un récit circonstancié de son entrevue avec Joyce qu'elle jugeait très agréable – appela l'inspecteur. Le superintendant gagné par la conviction de Janet, se persuadait que Mrs. Henderson saurait refréner le zèle intempestif de Chris et que peut-être, leur amitié un instant assombrie, reprendrait sur de nouvelles bases. Ce fut dans cet état d'esprit qu'il accueillit son adjoint.

– Comment va, Chris?

– Très bien, je vous remercie et vous-même, sir?

La froideur conventionnelle de la réplique désarçonna un instant Richard. Décidément, Mortlocke ne désarmait pas. Eh bien, puisqu'il entendait continuer ce jeu absurde, il lui donnerait la réplique. Le superintendant redevint officiel.

– J'ai tenu à vous apprendre que les inspecteurs Hadden et Styles ont mené une enquête serrée autour de Beak Street. Leur opinion est formelle. Davis se conduit comme un honnête commerçant.

– Je croyais, sir, que vous m'aviez chargé de cette affaire?

– J'ai changé d'avis.

– Ah?... Puis-je vous demander les raisons de ce changement?

— Non.

— Aucune importance, je les connais.

— Alors, il est inutile de me questionner.

— Simplement, je souhaitais une confirmation de ce que je soupçonnais.

— Eh bien! vous l'avez!

— J'aurais mauvaise grâce à me plaindre de votre franchise. C'est tout, sir?

— Non, encore une chose : les inspecteurs Hadden et Styles sont seuls chargés d'enquêter sur Melvin Davis. C'est bien compris?

— Parfaitement, sir.

— J'espère ne pas avoir à vous le rappeler. C'est tout, maintenant, inspecteur.

Quoiqu'il n'en ait rien laissé paraître, le cynisme de Bolton surprenait Chris. Il connaissait bien ses collègues Hadden et Styles, deux braves types pas très intelligents, mais honnêtes, ayant une solide horreur des responsabilités. Des exécutants de tout premier ordre. Avec eux, on pouvait être sûr qu'ils ne dépasseraient jamais les limites de leur mission et qu'ils se conformeraient strictement aux ordres reçus. Mais si le superintendant s'imaginait que cela suffirait pour sauver Melvin Davis, il se trompait et lourdement.

A six heures et demie, Mortlocke retrouva Joyce Henderson dans ce qui était devenu leur bar. Le garçon, les considérant désormais comme des habitués, les traitait avec une respectueuse familiarité, annonçant leur commande avant même qu'ils l'aient décidée. Mortlocke bouillait d'impatience. Pourtant il prit le temps de s'excuser de sa gaffe du matin.

— Ne m'en veuillez pas, Joyce, je vous en prie. Vous savez les raisons de mes maladresses...

— Ne revenons pas sur ce sujet, Chris, ou vous m'obligerez à m'en aller!

— Bon... eh bien, dites-moi l'objet de notre rencontre?

Joyce raconta la visite de Mrs. Bolton qu'elle commenta :

– Cette jeune femme est très sympathique, mais j'ai appris à me méfier des gens dont l'abord est agréable. Si vous ne m'aviez pas tenu certains propos sur le superintendant, je lui aurais accordé ma confiance sans la moindre hésitation. Pourtant – ou alors elle est une remarquable comédienne – Mrs. Bolton semble nourrir beaucoup d'affection à votre endroit. Chris, je vous en veux un peu d'avoir semé le doute dans mon esprit. A présent, je ne sais plus quel sens il convient de donner à la démarche de Mrs. Bolton.

Mortlocke ricana :

– Pas difficile, pourtant! Il usera de tous les moyens! Sous couvert de m'éviter des ennuis, il essaie de me neutraliser. Tenez, pas plus tard que tout à l'heure, il m'a annoncé qu'il m'enlevait l'affaire Melvin Davis pour la confier à des inspecteurs dont la médiocrité ne présente aucun danger. Croyez-moi, Joyce, ce n'est pas pour moi que Richard Bolton a peur, mais pour lui!

– Vous estimez donc, dans ce cas, que la visite de Mrs. Bolton...

– ... a été suggérée, sinon commandée, par son mari. Je suis persuadée de l'innocence absolue de Janet dans cette histoire, mais elle aime beaucoup Richard et croit tout ce qu'il raconte.

– Il n'empêche que je ne voudrais pas qu'à cause de moi, vous risquiez des ennuis... graves.

– Rassurez-vous, Joyce. C'est maintenant une affaire personnelle. Même m'en supplieriez-vous que je n'abandonnerais pas la partie. Quoi qu'il puisse m'en coûter, je vous le répète, Joyce, je ferai pendre Melvin Davis!

Mrs. Henderson obtint de Chris la promesse de ne pas révéler à Bolton qu'il était au courant de la visite de sa femme.

– Je dois vous avouer, Chris, que vous avez

ébranlé ma conviction en ce qui concerne l'attitude du superintendant... Je croyais que ces indignités ne se trouvaient que dans les romans. A la vérité, je ne parviens pas encore à me persuader qu'un fonctionnaire...

Cette constatation touchait plus encore Mortlocke que sa compagne. Il haussa les épaules, soudain las.

– Autrefois, ce n'eût pas été pensable... mais aujourd'hui!... Les uns trahissent les intérêts de la Couronne pour obéir à des idéologies plus ou moins mensongères, d'autres plus simplement pour de l'argent... Je plains les premiers parce qu'ils sont quelquefois sincères, je méprise les seconds parce qu'ils ne peuvent jamais l'être...

Et puis, il se redressa comme le boxeur qu'on s'imagine vaincu et qui reprend le combat.

– Vous comprenez pourquoi le châtiment de Davis a pour moi une immense importance, en dehors des sentiments que je vous porte? Il faut cicatriser cette plaie et comme je suis seul à la connaître, c'est à moi qu'il appartient d'y porter le fer rouge... sans défaillance, sans me soucier d'amitié, parce qu'il est écrit : « Je suis venu mettre en lutte le fils avec son père, la fille avec sa mère. On aura pour ennemis les gens de sa propre maison. » Et ma maison à moi, Joyce, c'est le Yard.

Mrs. Henderson n'ayant pas voulu qu'il la raccompagnât, Chris entra chez lui où, sans se préoccuper de manger, il s'installa dans son fauteuil pour repenser à la douceur des quelques instants qu'il venait de passer avec la femme qu'il aimait. Un monde nouveau s'offrait à lui, un monde qu'il sentait lui être promis, un monde où régnerait Joyce Mortlocke. Et, en contrepoint, l'horrible univers de Davis et de ses semblables, ce grouillement insensé de truands, de pervertis, de corrompus et de policiers marrons. Un jour viendrait – Chris en était sûr – où les forces de l'ordre, les forces de la lumière balaieraient toute cette pourriture déposée par les siècles dans la société des hommes, comme la boue par le fleuve. Seul, dans cette pièce banale d'une petite maison ordinaire, dans ce quartier sans grâce d'Hammersmith, l'inspecteur s'exaltait. Toute son éducation puritaine lui remontait à la tête pour stigmatiser le règne du Malin et soudain, vers les dix heures du soir, au moment où il s'apprêtait à se coucher, il prit conscience que pendant que lui, l'homme juste, l'homme de devoir, souffrait seul, Richard Bolton, les pieds dans ses pantoufles, se laissait dorloter par Janet, que Melvin Davis paradait devant une clientèle peu difficile sur le choix de ses hôtes, et la colère le prit. Il se persuada qu'à travers sa propre personne, on bafouait la Justice. Il ne pouvait pas le supporter. Reprenant son manteau et son chapeau, il sortit.

Mortlocke détestait Soho qu'il tenait pour le repère de tous les vices. Il entra dans Beak Street avec la mentalité du prophète prêt à foudroyer les impies. Le néon de l'enseigne *The Rogue's March* éclaboussait la nuit de lueurs multicolores. Chris hésita un instant avant de pousser la porte de l'établissement, mais il se reprit assez vite. Il ne devait plus attendre pour engager le combat, sinon Richard l'enroulerait dans un tel réseau de liens administratifs qu'il le réduirait à l'impuissance totale.

Une de ces jolies filles que des uniformes toujours les mêmes, des coiffures et des maquillages identiques, font relever d'une sorte de fabrication en série, lui ôta son pardessus. Dans le maître d'hôtel l'accueillant sur le seuil de la salle, le policier reconnut Swan Lake, le Gallois. L'autre aussi le reconnut, mais il feignit de considérer Mortlocke comme un visiteur anonyme.

– Vous êtes seul, sir?

Chris le regarda en souriant.

– Vous avez adopté de nouvelles manières à ce que je vois, Lake?

L'homme rougit un peu.

– Je ne saisis pas ce que vous voulez dire, sir?

– Ce n'est pas en prison que vous avez appris à vous exprimer ainsi?

– Qu'est-ce que vous cherchez exactement?

– Ah! voilà! je retrouve votre ton naturel. Cela vous va quand même mieux, mon garçon.

– Fichez le camp!

– Oh! Oh! là, vous exagérez! Auriez-vous oublié qu'il est bien dangereux de parler de cette façon à un inspecteur du Yard?

– Je recommence, en m'efforçant de vivre selon la loi... vous n'allez pas me le reprocher, non?

– Sûrement pas... Si, toutefois, c'est vrai?

– Ça signifie quoi ce truc-là?

– Que je ne vous crois pas. Voyou vous êtes, voyou vous resterez, et pour ne rien vous cacher, mon ami, je ne serai vraiment satisfait que lorsque j'aurai vu se refermer sur vous et définitivement, les portes d'une confortable prison de Sa Majesté.

– Salaud!...

– Doucement, jeune homme, doucement, ou c'est tout de suite que vous risquez de connaître les plaisirs de la solitude cellulaire.

Lake se tut, mais aux gouttes de sueur perlant à son front, Chris comprit que si un jour cet homme avait la possibilité de l'éliminer impunément, il ne s'en priverait pas.

Assis à une petite table que le Gallois avait choisie exprès la plus mal placée (mais il ignorait que le policier se moquait du spectacle), Mortlocke regardait autour de lui. Pas de gens qu'il connaissait. Rassuré sur ce point, car il lui eût été désagréable d'être aperçu en un pareil lieu (et il se demanda si Bolton s'y risquait de temps à autre pour y boire un whisky, offert naturellement par la maison), il examina le décor. Il dut convenir qu'il était agréable, donnant, grâce aux lambris, aux étoffes épaisses de teintes chaudes, aux éclairages discrets, une impression de confort, d'intimité. Sans que Chris y prît garde, une femme s'approcha de sa table et, arrivée à sa hauteur, se pencha vers lui :

– Bonsoir, inspecteur.

Chris sursauta, ne s'attendant pas à cette marque de courtoisie. Presque tout de suite, il reconnut Barbara Cockburn. Lake l'ayant prévenue, elle venait aux renseignements. Le policier se leva.

– Bonsoir, miss.

– Vous permettez que je m'asseye un instant?

– Je vous en prie.

– C'est la première fois, n'est-ce pas, que vous nous honorez de votre visite?

– La première fois.

– Et... cela vous plaît?

– Beaucoup.

– J'en suis ravie. Vous accepterez bien, j'en suis sûre, que pour votre première visite, la maison se charge de votre addition?

– Excusez-moi, miss, mais moi, j'ai l'habitude de régler tout seul mes dépenses.

Sans doute avait-il dû, à son insu, mettre un peu trop d'âpreté dans sa réponse, car elle le regarda avec une légère inquiétude. Elle se força, cependant, à sourire pour dire avec légèreté :

– Savez-vous que vous avez affolé ce pauvre Lake?

– J'en suis fort aise. Je déteste ce genre de truands, sinon j'exercerais un autre métier.

– Pourtant, Lake n'est pas un mauvais diable, au fond...

– Nous ne devons pas nourrir les mêmes théories sur certains points, miss.

– Qui sait?

Ils ne trouvaient plus grand-chose à dire ni l'un ni l'autre, lorsque Mortlocke remarqua une silhouette familière près de l'orchestre :

– Tiens, tiens... mais c'est ce bon Perry Sadler là-bas?

– Oui... Il surveille la salle.

– Un rôle qu'il doit bien connaître, car il a été assez longtemps surveillé lui-même... Si Sadler est là, George Phipps ne doit pas être tellement loin?

Baissant la tête, Barbara en convint :

– Il sert de chauffeur à Melvin.

Le policier ricana :

– En somme, toute la bande est réunie? Si je comprends bien, miss, Davis et ses hommes se sont convertis à l'honnêteté tous ensemble? Difficile à admettre, non?

Ce persiflage énervait Barbara :

– Difficile ou non, il en est ainsi, inspecteur!

– Je suis persuadé de votre sincérité, miss, sinon vous n'aspireriez pas à devenir Mrs. Davis.

Barbara ne répondit pas tout de suite et quand elle s'y décida, sa voix trembla légèrement.

– En dehors de votre métier, vous ne devez pas comprendre grand-chose... enfin, je veux dire que vous ne devez pas vous intéresser à grand-chose. Melvin et moi avons suivi une mauvaise route jusqu'ici... Lui surtout, j'en conviens. Est-il anormal que nous nous appuyions l'un sur l'autre pour changer de chemin?

– Généralement, les pêcheurs repentants commencent par se dépouiller des biens mal acquis et, si j'en juge par ce cabaret, Davis a le repentir confortable.

Elle se leva brusquement.

– Vous êtes venu pour quoi, inspecteur?

– Parler un peu avec Melvin Davis, s'il a un moment.

– Ce sera difficile.

– Il vaut mieux pas.

– Ce qui signifie?

– Simplement que Davis a tout intérêt à ne pas me prendre pour un imbécile et lorsque je prétends lui parler, il n'a qu'à me rejoindre. Vous voyez, miss Cockburn, c'est très simple.

Elle lui tourna le dos et partit sans prendre congé. Assez content de lui, Chris allongea ses jambes sous la table. Il venait de donner un solide coup de pied dans la fourmilière et, jusqu'ici, sûre de l'impunité, la bande devait se demander à quoi tout cela répondait. Si Richard, dormant près de Janet, avait pu se douter de l'initiative de son subordonné, il aurait goûté un sommeil moins paisible.

Une chanteuse psalmodiait d'une voix éraillée une chanson-poème où – si Mortlocke comprenait bien – il s'agissait, une fois de plus, des amours amères d'une fille et d'un matelot qui semblait employer le plus clair de son temps à embarquer, à débarquer et à rembarquer. Chris songea à ce que serait la réaction de Joyce si on l'amenait dans un pareil milieu. Vraisemblablement, elle se montrerait affreusement choquée, car il y avait loin de sa salle de classe de Watford à tout ce luxe s'étalant impudiquement sous les yeux sévères de l'inspecteur. Puis, continuant le jeu, il compara mentalement Joyce et Barbara pour accorder tous les avantages à la première. Ce qui surprenait Chris, c'est que des gens puissent trouver le moindre plaisir à perdre leur temps en de pareils endroits. Il lui semblait que, marié à Joyce, il n'aurait point de joie plus douce que de vivre de longues heures en compagnie de sa jeune femme, dans l'intimité de leur home.

Après qu'un chanteur noir eut succédé à la fille pleurant sur les demoiselles à matelots, un petit bonhomme à moitié chauve raconta des histoires épicées qui amusèrent tout le monde, sauf Mortlocke. Il détestait cette impudeur de l'esprit effrontément étalée et dans les rieurs, il stigmatisait des complices qui le dégoûtaient. Vers minuit, Lake le prévint que Mr. Davis rentrait et que, mis au courant de la présence de l'inspecteur, il acceptait de le recevoir dans son bureau. Dans le mot « acceptait », le Gallois mit tout le mépris dont il se sentait capable. Mortlocke releva le défi :

– Votre patron n'a pas à accepter ou à ne pas accepter, mon garçon. Je veux le voir, un point c'est tout.

– Il est chez lui!

– Peut-être pas pour longtemps! Allez, hop! montrez-moi le chemin!

Le bureau de Melvin Davis ressemblait à celui de tous les hommes d'affaires de la cité. Cossu, il était garni de beaux meubles, de fauteuils profonds et, sur la cheminée, dans un vase de grès noir, des fleurs. Quoi qu'il en eût, Davis commença par jouer la carte de la cordialité.

– Eh bien! pour une surprise, c'est une surprise! Je ne supposais pas que vous répondriez si vite à l'invitation que je vous adressais l'autre jour, au superintendant et à vous-même, inspecteur. Excusez-moi de n'avoir pas été là pour vous recevoir, mais je rentre à l'instant d'un long voyage en province.

– A Harrogate?

Melvin blêmit.

– Pourquoi me parlez-vous d'Harrogate?

– Pourquoi ne vous en parlerais-je pas?

L'attitude de Davis changea.

– Lake m'a rapporté la façon dont vous l'avez traité... Barbara m'a dit votre comportement plutôt agressif, non? Alors, qu'est-ce que vous êtes venu chercher chez moi, inspecteur?

– Vous rencontrer.

– Voilà qui est fait, et maintenant, inspecteur, faudrait quand même vous décider...

– Vous connaissez Mrs. Henderson, Davis?

– Quelle Mrs. Henderson?

– Elle habite Watford.

– Watford? Je vais jamais par là, sauf en passant, quoi...

– Vous n'aimez pas Watford?
– Pas tellement, non.
– Depuis longtemps?
– Pige pas?
– Je précise : n'aimez-vous plus Watford depuis que vous y avez assassiné Larry Henderson?

De stupéfaction, Melvin ouvrit une bouche démesurée, et son cigare roula par terre. Chris estima qu'il jouait remarquablement la comédie, et pour bien montrer tout de suite qu'il n'en était pas dupe, il souligna :

– Attention, Davis... Vous devriez ramasser votre cigare, il risque de mettre le feu à votre beau tapis.

Melvin se fichait pas mal du cigare, du feu hypothétique et de n'importe quoi. Pesamment, il se leva de son siège en s'appuyant des deux poings sur son bureau et murmura :

– J'ai pas dû comprendre... Répétez un peu?
– Je vous demandais si votre hostilité envers Watford datait du moment récent où vous avez fait assassiner Larry Henderson.

Le patron de *The Rogue's March* poussa un énorme soupir et, d'une voix sourde :

– J'avais bien entendu... Vous m'accusez de meurtre sur la personne d'un type dont j'ai jamais entendu causer? C'est bien ça?
– C'est bien cela.
– Si vous voulez mon avis, inspecteur, vous êtes un parfait salaud, et vous allez vous tirer d'ici en vitesse si vous ne tenez pas à ce que je vous colle la raclée que vous méritez!
– Ce serait un aveu...
– Mais, un aveu de quoi, Bon Dieu?
– De votre crime, tiens!

Melvin crispa les poings, ferma les yeux, murmurant pour lui seul :

– J'ai pourtant pas bu plus que d'habitude... Et puis il explosa. C'est pas possible! y en a un de nous deux qu'est dingue! Enfin, qui c'est ce type que j'aurais rectifié?

– Un témoin.

– Un témoin? Mais un témoin de quoi?

– De l'accident par lequel vous avez écrasé une femme et un enfant avant de prendre la fuite.

En homme d'expérience qui en a vu de toutes sortes, Chris ne put s'empêcher d'admirer l'extraordinaire habileté avec laquelle Melvin incarnait son personnage de brave type ahuri par des accusations le dépassant. Il contemplait le policier avec l'intérêt que pourrait ressentir un zoologiste se trouvant nez à nez, dans Picadilly, avec un iguanodon.

– En somme... je serais un individu dans le genre d'Hitler, hein? Et ma gentille distraction, ce serait le massacre de mes compatriotes... et mes lieux de chasse préférés, Harrogate et Watford? Ou vous vous payez ma physionomie – pourtant vous n'avez pas une tête à pratiquer la mise en boîte – ou vous êtes sincère, et dans ce cas, je vois qu'une explication : vous en tenez une sacrée! Une fameuse! Une... impériale!

– Quoi!

– Cuite...

– Détrompez-vous, Davis, je ne suis ni un plaisantin, ni un ivrogne.

– Pourtant, c'est pas Dieu possible que vous puissiez, de sang-froid, débiter un pareil chapelet d'idioties!

– Si vous me connaissiez mieux, Melvin Davis, vous réaliseriez que votre plan de défense est enfantin. Je suis aussi têtu que vous êtes pourri. Ce n'est pas peu dire.

– Et vous m'insultez maintenant?

– Il est difficile d'insulter des gens de votre espèce!

Le patron de *The Rogue's March* avait beau ne pas vouloir d'histoires, il y a quand même des limites...

– Je vais vous faire vider comme un piqué que vous êtes, mon vieux!

– Je ne suis pas votre vieux, Davis, mais un policier décidé à vous faire payer vos crimes.

– Ça vous reprend?

– Ça ne m'a pas quitté et ça ne me quittera pas.

Il sortit de son fauteuil et, très lentement, déclara :

– Vous serez pendu, Davis...

– Entendu, mon vieux, entendu... En attendant, vous devriez aller vous coucher.

– Je n'ai pas d'ordre à recevoir de vous!

– Je suis ici chez moi, mon vieux, ne l'oubliez pas.

– Vous quitterez cette maison, les bracelets aux poignets!

– D'accord, mon vieux, d'accord... Vous avez tort d'abuser du whisky!

En réponse, Mortlocke, exaspéré, frappa Davis au visage. Chris cognait sec et Melvin resta un instant groggy. L'inspecteur se rendait parfaitement compte de son erreur, mais il ne parvenait pas à regretter son geste tant il lui semblait qu'il vengeait Joyce Henderson plus encore que son mari. Tamponnant ses lèvres sanguinolentes avec une pochette de soie aux couleurs vives, Davis appuya sur un bouton. Presque immédiatement, Perry Sadler et Swan Lake se présentèrent. Leur patron, montrant Chris du doigt, ordonna :

– Foutez-moi cet ivrogne dehors et sans ménagement!

Le Gallois et son compère sautèrent sur Mortlocke qui, n'ayant pas prévu leur rapidité, reçut un coup de matraque qui le priva de tout réflexe. Les deux hommes l'entraînèrent, et par l'escalier de service réservé aux fournisseurs, l'emmenèrent dans une sorte d'arrière-cour où ils le passèrent furieusement à tabac. Lorsqu'ils l'abandonnèrent, Chris était dans un piteux état. Lake s'en fut chercher une bouteille de whisky et, selon une méthode devenue classique chez les truands, il lui en répandit un peu sur le plastron de sa chemise. Juste ce qu'il fallait pour attirer l'attention des flics qui le ramasseraient.

Cela ne manqua pas, et la première réflexion de l'un des deux « bobbys » qui trouvèrent Chris affalé parmi des boîtes à ordures eût comblé d'aise Davis et ses complices :

– En voilà un qui en tient une solide, Jack!

– On va l'emmener se désoûler chez nous...

Ils se baissèrent pour le ramasser et, à ce moment-là, purent voir l'état de sa figure. Le prénommé Jack sifflota entre ses dents, puis :

– Il n'a pas dû tomber d'accord avec ses copains pour payer le whisky!

– On l'embarque tout de même?

– Oui, mais direction hôpital.

Au bureau des entrées de l'hôpital, on s'aperçut qu'on avait affaire à un inspecteur du Yard et on l'expédia en vitesse à la clinique réservée aux policiers.

De mémoire de fonctionnaire du Yard, on n'avait jamais entendu le correct superintendant Richard Bolton jurer d'aussi vilaine façon que lorsqu'il eut achevé la lecture du rapport concernant la découverte de Christopher Mortlocke dans Soho. Immédiatement, il envoya un homme chercher Melvin Davis avec ordre de ne pas revenir sans le patron de *The Rogue's March,* puis il téléphona pour prendre des nouvelles de son inspecteur. On le rassura : le policier sortirait le soir même. Tranquille sur ce point, Richard appela sa femme :

– Janet, ça y est! Chris a commencé ses sottises!

– Non?

– Si!

Hâtivement, il lui raconta ce qu'il savait et termina :

— Pour moi, il est allé fourrer son nez chez Davis. Je l'attends celui-là, et si j'en trouve le moyen, je le boucle illico, aussi bien pour protéger Chris que pour le mettre lui-même à l'abri des persécutions de Mortlocke.

— Ainsi Mrs. Henderson n'a pas pu...

— Il n'y paraît pas, *darling*...

Le superintendant raccrocha au moment où Davis entrait dans son bureau, ayant simplement passé un manteau sur son pyjama.

— Excusez-moi pour cette tenue, super, mais votre homme ne m'a pas laissé le temps de m'habiller.

— Asseyez-vous!... Davis, je vous avertis, je cherche une occasion de vous boucler, alors, prenez bien garde à ce que vous allez dire!

— Mais, Bon Dieu! qu'est-ce que vous avez tous contre moi?

— Sans doute pensez-vous à l'inspecteur Mortlocke?

— Exactement. Il est venu chez moi cette nuit faire du scandale! Il m'a insulté, promis le gibet et, par-dessus le marché, il m'a frappé! Regardez ma bouche?

— Il vous a frappé... le premier?

— Je vous en donne ma parole, super!

— Je vous en prie, Davis, soyons sérieux! Racontez-moi ce qui s'est passé.

Et Melvin rapporta d'abord ce qu'il savait par ouï-dire, la manière dont le policier s'était conduit vis-à-vis du personnel, puis leur entrevue dans le bureau de Davis où l'inspecteur l'avait accusé de meurtre sur la personne d'un nommé Henderson de Watford, puis sur une femme et son bébé à Harrogate!

— Sincèrement, super, je l'ai cru ivre... Surtout qu'il empestait le whisky!

— Ça suffit, Davis! Le coup du whisky, vous ne prétendez tout de même pas me l'apprendre, non?

— En tout cas, moi je lui ai déclaré que je le considérais comme un ivrogne, car il faut en tenir une belle pour venir trouver un type chez lui à seule fin de lui annoncer qu'on a l'intention de le faire pendre!

— Et comment a-t-il réagi?

— Vous n'avez qu'à regarder ma bouche! Le salaud! J'ai eu l'impression que mes dents sautaient! Alors j'ai appelé Lake et Sadler et ils l'ont vidé.

— En lui flanquant une correction?

— Non, super... juste ce qu'il fallait pour l'obliger à rester tranquille. Quand ils l'ont eu déposé sur le trottoir, ils s'en sont désintéressés.

— Comment expliquez-vous qu'on l'ait trouvé près de chez vous, et dans un état tel qu'il a fallu le transporter à l'hôpital?

— Je l'ignore, mais il était dans une telle rage qu'il a pu se prendre de querelle avec n'importe qui et encaisser la raclée qu'il méritait.

— Et que vous affirmez ne pas lui avoir infligée?

— Et que j'affirme ne pas lui avoir infligée, super!

— Vous me semblez bien sûr de vous, Davis?

— Tellement sûr, super, que je dépose une plainte contre l'inspecteur Mortlocke pour abus de pouvoir!

— C'est votre droit, mais je ne vous le conseille pas...

— Enfin, je peux tout de même pas accepter qu'il s'amène dans ma boîte pour y mener un chahut de tous les diables!

— Il n'y retournera pas.

— J'ai votre parole?

— Dans la mesure où je puis compter sur l'obéissance de Mortlocke.

— Dans ces conditions, je bouge pas... mais c'est bien pour vous être agréable.

— Ne vous imaginez pas que cela vous donne le moindre droit à notre complaisance, Davis. Nous irons au fond de cette histoire et je souhaite pour vous que vous n'y soyez pas mêlé.

Mortlocke se doutait bien que son aventure avait dû susciter quelques remous, et il souhaitait, en passant sous le porche du Yard, que Bolton ait déjà quitté son bureau. Dans les couloirs, les collègues rencontrés s'enquirent poliment de sa santé, mais sans la moindre sympathie. Cette expérience plusieurs fois renouvelée transforma peu à peu la gêne de Chris en une colère froide. Aussi, lorsque le superintendant l'invita à le rejoindre, ce fut sans la plus légère appréhension qu'il entra chez son supérieur.

– Votre santé, Mortlocke?

– Ça va, merci, sir.

– Asseyez-vous, inspecteur... Mortlocke, je vous ai attendu, car je supposais bien, connaissant votre zèle, que vous viendriez ici en sortant de l'hôpital. Je suis resté pour entendre le récit de votre aventure.

– A vos ordres, sir.

Chris exposa les événements dans l'ordre où ils s'étaient déroulés chez Davis, et comment on l'avait assommé avant de le transporter, vraisemblablement, là où on l'avait retrouvé.

– Sitôt que j'ai su votre... accident, j'ai envoyé chercher Davis qui m'a débité, à peu de choses près, le même récit que vous. Naturellement, il nie vous avoir administré une correction et soutient que, dans l'état où vous étiez, vous avez dû vous prendre de querelle avec des rôdeurs.

– Il ment.

– Bien sûr qu'il ment. Vous connaissez un moyen de le prouver?

– Non.

– De plus, il entendait déposer plainte pour abus de pouvoir.

– Il ne manque pas de culot!

– Vous savez parfaitement, Mortlocke, qu'il est dans son droit et que sa plainte est recevable. Vous n'étiez chargé d'aucune mission.

– Je sais.

— Et qu'en agissant comme vous l'avez fait, vous avez contrevenu à mes ordres.

— Je sais.

— J'aimerais vous entendre vous excuser, Mortlocke.

— Non.

— Mortlocke, n'abusez pas de ma bonne volonté...

— Je ne sollicite aucune faveur, sir.

Il y eut un court silence, puis Bolton reprit d'une voix quelque peu oppressée.

— Que vous arrive-t-il, Mortlocke?

— Une simple prise de conscience, sir.

— C'est-à-dire?

— C'est-à-dire qu'au bout de pas mal d'années passées au service de la justice, je m'aperçois que celle-ci n'existe pas.

— Je ne comprends pas.

— Je me rends compte qu'elle est noyée dans un arsenal de décrets, de règles, d'interdictions voulant qu'un criminel intelligent et habile puisse se moquer impunément de la justice, et ceci avec l'approbation, ou du moins l'inactivité complice de certains de ceux sur qui la société est en droit de compter pour la défendre!

— Vous êtes fou, inspecteur?

— Lucide seulement, sir!

— Et vous vous persuadez que vous, vous êtes capable de réussir mieux que tout l'appareil policier?

— Oui.

— Et pour quelles raisons?

— Parce que je suis honnête, moi! Parce que les Melvin Davis et compagnie ne sauraient espérer m'acheter!

— Tonnerre de Dieu, Mortlocke, insinuez-vous que...

— Je n'insinue rien, sir, j'affirme que si les Davis et leurs semblables ne trouvaient pas des appuis au sein de la police, ils ne réussiraient pas des carrières scandaleuses qui sont une insulte permanente à l'honnêteté!

– Dans ce cas, qu'attendez-vous pour démissionner?

– Je préfère qu'on me renvoie.

– Pour jouer les martyrs?

– Pour être un exemple!

Encore un silence.

– A partir d'aujourd'hui, Mortlocke vous n'êtes plus mon ami. Je ne puis avoir pour ami un homme qui, en calomniant l'administration à laquelle j'appartiens, me calomnie du même moment. J'ai tout essayé pour vous ramener au bon sens. Votre équipée nocturne démontre que j'ai échoué. Dans ces conditions, je vous interdis absolument de vous mêler de quoi que ce soit et sous quelque prétexte que ce soit, de la vie, des faits et gestes de Melvin Davis. Si jamais j'apprends que vous passez outre, je demanderai votre mise à pied immédiate. Adieu.

– Adieu, sir, et merci de m'avoir prouvé que j'avais raison.

– J'imagine que c'est une nouvelle insolence, mais je préfère ne pas comprendre.

En sortant du Yard, le superintendant but un double whisky. Il éprouvait un certain chagrin.

Bien que depuis le jour de son mariage, Janet Bolton ait décidé d'admirer son mari en tout et pour tout, elle ne partageait quand même pas sa révérence quasi mystique à l'égard de l'administration de Sa Majesté. Elle refusait de croire à la raison d'Etat et son époux ne la mettait guère au courant de ses principaux soucis, de crainte qu'elle ne lui propose une solution cadrant sans doute avec le bon sens, mais sûrement pas avec le règlement. Janet ne parvenait pas à réaliser qu'un fonctionnaire de la police n'ait pas à interpréter les lois, mais à les appliquer au mieux, et à les faire respecter. Pour elle, un flic se devait d'être un homme comme les autres et s'efforcer de comprendre. Ainsi, dans cette lamentable histoire opposant Richard à Chris, Mrs. Bolton ne se convainquait pas que tous les torts fussent du côté de l'inspecteur. D'abord, parce qu'elle imaginait bien connaître Mortlocke, ensuite parce qu'elle n'ignorait rien de la sévérité du superintendant dès qu'on semblait ne pas tenir compte du règlement, enfin parce que l'amour avoué de Chris pour cette Joyce aux grands yeux tristes émouvait le cœur sentimental de Janet.

Richard était si énervé par la scène l'ayant opposé à son adjoint qu'il n'attendît pas que sa femme l'interrogeât pour la mettre au courant. Il lui rapporta les incroyables initiatives d'un subordonné qui, jusqu'ici, témoignait d'un respect absolu vis-à-vis de la hiérarchie. Il jura qu'en dépit de la peine qu'il en éprouverait, il ne bougerait pas le petit doigt pour sauver Christopher à la prochaine incartade qu'il se permettrait. Il termina son discours en déclarant :

– Mortlocke est devenu fou! Il n'y a pas d'autre explication... Nom d'un chien, on peut bien être amoureux sans perdre les pédales tout de même! Si cette Joyce Henderson est digne de sa tendresse, elle ne l'obligera certainement pas à des prouesses idiotes qui risquent, tout simplement, de lui retomber sur le nez en le couvrant de ridicule!

– Elle m'a promis de tenter l'impossible pour l'apaiser.

– Eh bien! il faut croire qu'elle n'a pas réussi! En tout cas, je vous avertis, Janet, je ne veux plus entendre parler de cet imbécile! Qu'il gâche sa carrière, qu'il gâche sa vie, après tout ça le regarde!

– Dick... vous connaissez toutes ces choses bien mieux que moi, mais... avez-vous bien su vous y prendre avec Chris?

– Comment ça « m'y prendre »? Je lui ai donné

des ordres et il n'a qu'à les exécuter, un point c'est tout!

– Il a un caractère très entier... Souvenez-vous de ce que vous me disiez un jour : « J'envierai celle qu'il aimera... Je plaindrai celui qui déclencherait sa haine... »

– Et alors?

– Je pense qu'une nature aussi difficile ne se traite pas comme les autres?

– Et qui vous permet d'affirmer que je l'ai traité comme les autres? J'ai montré à son égard une patience dont je ne me supposais même pas capable. Il m'en a remercié en me désobéissant, en compromettant le service et en me traitant de façon inadmissible! Mortlocke est devenu la proie d'une idée fixe : faire pendre Davis!

– Il le mérite peut-être!

– Dans ce cas, c'est à nous de le prouver! Enfin, voyons, Janet, qu'est-ce que c'est que cette Justice où l'on commence par promettre la peine capitale à celui que l'on soupconne seulement? Je vous en prie, ne me parlez plus de Chris Mortlocke et tâchons d'oublier qu'il a été notre ami.

Mais Janet ne pouvait pas se déprendre aussi facilement d'une amitié lui tenant à cœur. De plus, sa jugeotte de brave femme peu habituée aux subtilités du Droit donnait et donnerait toujours raison aux Mortlocke contre les Davis.

L'incompréhension de Richard Bolton équivalait à celle manifestée par Chris Mortlocke. Contrairement à ce qu'on aurait pu attendre, l'inspecteur n'en voulait pas moins à Bolton qu'à Melvin Davis, en dépit cependant de la raclée que ce dernier lui avait fait administrer. Pour lui, il s'agissait d'un épisode de la lutte les opposant et qui ne se terminerait que le jour où il accompagnerait le meurtrier de Larry Henderson au gibet. En ce qui concernait le superintendant, il était désormais absolument convaincu que son ex-ami mangeait au râtelier de Davis, et cette idée le plongeait dans une rage folle. Richard sauterait sans doute sur toutes les occasions pour entraver son enquête, mais Chris s'affirmait résolu à ne pas se laisser abattre. L'état de sa figure marbrée par de larges taches de mercurochrome alternant avec des ecchymoses multicolores l'empêchait de rencontrer Joyce pour la mettre au courant de sa tentative et de son échec. Dans son bureau, il se rongeait d'impatience, essayant de tromper l'ennui des heures vides à envisager différentes tactiques susceptibles de contraindre Melvin Davis aux aveux.

Vers six heures et demie, un coup de téléphone de la police de Watford apprit à Chris que Mrs. Henderson venait d'être victime, chez elle, d'un attentat. Bouleversé et sans songer à prévenir qui que ce soit, Mortlocke se précipita à Watford. Joyce était couchée, le docteur à son chevet. Ce dernier, un peu surpris de l'émotion de l'inspecteur, le rassura. Mrs. Henderson en serait quitte pour un nuit de repos et quelques marques – mais bénignes – sur le cou. Elle était sous l'action d'un soporifique et ne pouvait être interrogée. Force fut à Chris de se rabattre sur le sergent Bradley.

– Il semble, inspecteur, que c'est encore notre homme aux lunettes noires et à la grosse moustache blonde qui ait de nouveau fait des siennes. Des témoins l'ont vu sortir précipitamment de la maison. Son allure a paru assez étrange pour qu'une Mrs. Miller, une amie des Henderson, soit venue aux renseignements. Elle a trouvé la porte simplement tirée et Mrs. Henderson par terre.

– Pas de traces?

– Rien.

– Bon. Vous restez auprès de Mrs. Henderson. Dites-lui que je viendrai la voir demain matin vers onze heures.

Au moment de partir, traversant le petit hall où Joyce avait été agressée, le regard de Mortlocke fut attiré par un éclat de lumière à la lisière du tapis, près de la porte. Il ramassa un bouton métallique représentant un renard. Sans doute les allées et venues avaient-elles engagé le bouton sous le tapis d'où il en était ressorti par le même truchement. Chris le fourra dans sa poche.

Au Yard, l'inspecteur rapporta l'incident au superintendant qui ne cacha pas sa surprise.

– A quelle heure cette agression a-t-elle eu lieu?

– Vers six heures.

– Ça, par exemple!... A propos, inspecteur, pour quelles raisons Bradley vous a-t-il téléphoné à vous?

– J'ai omis de le lui demander. J'avais d'autres préoccupations. Vous voudrez bien m'en excuser.

– Mortlocke, je vous répète que je vous défends de vous mêler de cette affaire. C'est moi qui m'en charge!

– Evidemment!

– Qu'est-ce que signifie cet « évidemment »?

– Simple réflexion, sir.

– Gardez ce genre de réflexion pour vous!

Richard appela le Central afin de savoir pourquoi on s'était adressé à Chris plutôt qu'à lui. On lui répondit qu'on avait essayé de l'alerter, mais qu'il était sorti, et c'est pourquoi le sergent Bradley avait demandé l'inspecteur Mortlocke.

– A l'avenir, toute communication de Watford sera branchée sur mon bureau, en cas d'absence, sur celui de l'inspecteur Hadden et, à son défaut, sur celui de l'inspecteur Styles. J'aimerais ne pas avoir à répéter cet ordre.

Le superintendant raccrocha tout en regardant Chris qui souriait.

Malgré son inquiétude touchant Joyce Henderson, Mortlocke dormit bien cette nuit-là, car il se sentait éreinté par suite des secousses tant physiques que morales subies au cours des dernières quarante-huit heures. Il se leva dispos le dimanche matin et mit un soin particulier à sa toilette. Se raser lui fut un supplice. A neuf heures et demie, il nouait sa cravate lorsqu'on frappa à sa porte. C'était Janet. Tout de suite, il se renfrogna, non pas que la visite de son amie lui soit désagréable, mais il se méfiait, croyant à une nouvelle ruse de Bolton.

– Hello, Chris, comment allez-vous avec cette figure truffée de coups?

– Mauvais souvenir simplement... Comment se fait-il que...?

– J'ai dit à Dick que je me rendais à l'église... Un de mes premiers mensonges, mais c'est vous et lui qui en porterez la responsabilité, parce que si vous n'aviez l'un et l'autre des caractères impossibles, je n'en serais pas réduite à me cacher pour vous voir!

– Asseyez-vous, Janet.

Elle prit place dans le fauteuil style Chippendal qui constituait l'ornement principal du petit living-room de l'inspecteur.

– Chris, je ne suis pas ici pour soutenir la cause de Dick. Vous savez que je ne partage pas toujours ses vues quant à sa dévotion à l'administration. Simplement, j'aimerais savoir ce qui vous sépare tous deux. J'ai bavardé avec Mrs. Henderson. Je l'ai trouvée charmante et je suis persuadée que si vous la décidez à vous épouser, ce sera une excellente compagne pour vous. J'espérais qu'elle m'aiderait à vous réconcilier, Dick et vous. Elle a sans doute échoué. Alors, Chris, confiez-moi ce qui ne va plus entre mon mari et vous? Je vous le demande au nom de notre amitié que je n'entends pas perdre sans la défendre!

Mortlocke, ému, s'avouait que Janet était la plus chic fille qu'on puisse rencontrer. Pas le même genre que Joyce, mais sûrement aussi solide, aussi dévouée.

– Je préférerais ne pas vous répondre.

– Pourquoi?

– Parce que nous nous quitterions fâchés.

– Je ne pense pas que ce soit possible. Je vous juge incapable de quelque chose de laid, Chris. Je peux donc tout entendre de vous. Vous êtes susceptible de vous tromper comme tout le monde, mais pas de calomnier. Qu'avez-vous contre Dick?

Il hésita et puis, tout à trac, il lâcha le paquet, et pour quelles puissantes raisons il se persuadait que Bolton et Davis avaient partie liée. Janet l'écouta les yeux ronds, la bouche entrouverte.

– Dick complice de ce gangster! Mais pourquoi, grand Dieu?

– Peut-être parce qu'il a touché de l'argent?

– Chris!... Vous croyez vraiment que Dick est un policier pourri?

– Cela me fait mal, Janet, mais maintenant, oui, je le crois.

– Enfin, je m'en serais aperçue tout de même?

– Et vous n'avez jamais remarqué des rentrées d'argent imprévues?

– Jamais! Nous avons déjà du mal à joindre les deux bouts.

Mais brusquement, sa voix se cassa, car il lui revenait en mémoire l'héritage inopiné d'une tante de son mari, une Irlandaise dont elle ignorait l'existence. Cet héritage leur avait permis de moderniser leur appartement. Serait-il possible?... Son trouble n'échappa pas à l'inspecteur.

– Vous vous rappelez quelque chose, Janet?

– Oui... mais je ne sais pas... Oh! Chris, j'aurai du mal à vous pardonner de m'avoir obligée à douter, ne fût-ce qu'un instant, de Dick! Je suis certaine que vous vous trompez! Il faut que vous vous trompiez!

– Et dans le cas où il n'en serait pas ainsi?

– Je ne veux pas l'envisager... du moins pas pour l'instant... Ce... ce serait trop affreux...

Chris prit les mains de Janet dans les siennes.

– Vous comprenez maintenant que pour venger Larry Henderson, pour venger cette femme et ce bébé d'Harrogate, pour venger peut-être Richard, il faut que je fasse pendre Melvin Davis?

Alors qu'elle se retirait, Janet découvrit le bouton rapporté la veille par Mortlocke de la villa des Henderson. Machinalement, elle le prit tout en demandant :

– Par quel hasard avez-vous un bouton du pardessus de Dick?

CHAPITRE V

Sur le moment, Chris ne réagit pas, tant cette remarque l'écrasait par ce qu'elle sous-entendait. C'est seulement à l'instant où Janet s'apprêtait à franchir le seuil qu'il se précipita pour passer devant elle et fermer la portre contre laquelle il s'appuya. Mrs. Bolton, ahurie, balbutia :

– Mais... mais Chris... qu'est-ce qui... vous arrive?

– Attendez, Janet... laissez-moi me calmer d'abord... C'est tellement incroyable... tellement affreux aussi...

L'étonnement de la jeune femme se changea en inquiétude :

– Voyons, Chris, parlez!

– Janet, je vous en prie : ne répondez pas trop vite... réfléchissez bien...

– Mais à quoi?

– Ce bouton... êtes-vous absolument certaine qu'il appartienne à Richard?

Elle l'examina de nouveau.

– A moins d'une coïncidence extraordinaire, oui. C'est un lot de six boutons de chasse que j'ai achetés chez un antiquaire de Fleet Street pour son manteau de voyage, mais enfin me direz-vous?...

– Savez-vous où j'ai trouvé ce bouton?

– Au bureau, j'imagine?

– Non... je l'ai découvert hier soir dans la maison de Mrs. Henderson.

Ils se turent parce qu'il n'y avait plus rien à dire. Comme l'affirmait Janet, à moins d'une circonstance extraordinaire et proprement impensable, il fallait admettre qu'à l'insu de sa femme et de Mortlocke, Bolton s'était rendu chez Joyce... Chris y voyait la démonstration éclatante du bien-fondé de ses soupçons quant à la collusion soupçonnée entre Davis et le superintendant et, pour Janet ce pouvait être la preuve que Mortlocke ne mentait pas en mettant en doute l'honnêteté de son mari. Tous deux nourrissaient la même pensée : était-il possible que Richard et l'homme aux lunettes noires ne fussent qu'un seul et même personnage? Mais, dans ce cas, le meurtre de Larry Henderson... Subitement vieillie Janet se laissa tomber sur une chaise, pleurant toutes les larmes de son corps. Chris essaya maladroitement de la consoler. Elle ne voulut rien entendre.

– On se croit heureuse et puis, d'un coup, tout s'écroule... tout. Il ne reste plus rien. Un bonheur qu'on se figurait bâti sur du solide... une confiance aveugle... et tout cela, des mensonges, des mensonges, des mensonges!

Elle se dressa péniblement.

– Je ne réussirai plus jamais à voir Dick avec mes yeux d'autrefois... un autrefois qui remonte à quelques minutes à peine... Même s'il se justifie, même si tout s'explique je ne pourrai pas me pardonner d'avoir douté de lui, car avoir accepté de douter de lui me révèle que je ne l'aime pas autant que je me l'imaginais. Et s'il en devait être ainsi, Chris, vous seriez plus mort pour moi que si vous étiez enterré depuis cinquante ans.

Lorsque Janet rentra chez elle, elle trouva son mari qui, tout en fumant sa pipe, lisait le journal. Il lui sourit et la plaisanta :

– Eh bien! J'espère que si pendant tout ce temps, vous avez prié, c'est presque un ange qui me revient!

La gorge serrée, elle se força à sourire à son tour, et, tandis qu'il se replongeait dans sa lecture, elle observa ce visage qu'elle croyait pourtant bien connaître... Etait-ce pensable qu'on puisse vivre si longtemps à côté l'un de l'autre dans la plus complète intimité, et demeurer étranger? Pourtant, elle avait la certitude de n'avoir, quant à elle, jamais rien caché à Dick. Il savait tout de ses goûts, de ses désirs, de ses manies, de ses partis pris, de ses admirations. Il savait tout de son passé. Il savait tout ce dont elle rêvait pour leur commun avenir... Mais lui?... Gardait-il pour d'autres lieux, pour d'autres gens, un visage qu'elle ignorait?

– Dick...

– Oui?

– Dick... j'ai eu un rêve affreux, cette nuit, et je n'en suis pas encore complètement remise.

Il s'arracha à son journal.

– Janet, vous? Une fille si équilibrée?

– J'ai rêvé que ce petit héritage que vous avez recueilli il y a quelques années...

– Celui de la tante Molly O'Rourk?

– ... était un mensonge.

– Je ne comprends pas.

– Eh bien! dans mon rêve, vous me racontiez que ce millier de livres venait d'un héritage, mais en réalité, il s'agissait d'argent malhonnêtement gagné.

– Ça alors! vous avez de drôles de songes, Janet! En somme, le superintendant-gangster, si je vous comprends? Vous devriez écrire un scénario pour le cinéma, *darling*, vous nous enrichiriez peut-être?

Son rire ne présentait pas la moindre fêlure à l'oreille soupçonneuse de Janet.

– Si le digne Oswald Tucker, avoué, soupçonnait que la non moins respectable Mrs. Bolton mette en doute son existence, il serait capable d'en mourir de saisissement!

Puisqu'il lui donnait le nom de l'avoué, c'est qu'il ne craignait pas une vérification possible. Janet respira plus librement. Puis elle repensa au bouton et de nouveau, l'angoisse la tarauda.

– Dick... Vous ne m'avez pas dit si quelqu'un vous avait admiré avec votre nouveau manteau que vous avez mis hier pour la première fois?

– Oh! vous savez, au Yard, on ne se préoccupe guère de mode, et le seul qui aurait pu m'en parler, c'est Mortlocke, mais nos relations sont devenues telles qu'elles ne nous permettent plus de pareils propos. Ah! pendant que j'y pense... J'ai un aveu à vous faire... un aveu qui me coûte beaucoup, car vous risquez d'en éprouver de la peine et peut-être même que vous vous fâcherez... J'ai perdu un des jolis boutons que vous m'aviez offerts... J'en suis navré, *darling...* Vous ne vous indignez pas?

– Non car le voilà votre bouton!

Richard marqua sa surprise.

– Par exemple! Et où donc l'avez-vous trouvé?

– Là où vous l'aviez perdu.

– Excellent raisonnement! Mais encore?

– Chez Mrs. Henderson.

– Ah!... Vous êtes allée là-bas?

– Non.

– Alors, comment?

– Mortlocke y est allé et, lui, il ne s'en est pas caché!

– C'est vrai, j'ai agi comme un sot... Je ne tenais pas à vous en parler, Janet... Peut-être une faiblesse de ma part, mais je supporte mal l'idée que pour une histoire qui ne nous regarde en rien sur le plan humain, nous nous brouillions définitivement, Chris et moi... J'ai tout tenté pour lui éviter de s'embarquer dans une aventure sans issue. Si vous aviez vu de quelle façon les hommes de main de Davis l'ont arrangé... et cela sans que nous n'y puissions rien, car Chris excelle à se mettre dans son tort. Bref, j'ai voulu demander à Mrs. Henderson d'user une fois encore de l'influence qu'elle peut exercer sur lui pour l'obliger à se calmer. Je lui ai raconté ce qui était arrivé à Chris. Elle m'en a paru profondément affectée et ce d'autant plus qu'elle se juge en partie responsable... Ce doit être en la quittant que j'ai perdu ce bouton. Je voulais que cette démarche restât secrète car, de ma part, elle est ridicule. Mais l'amitié exige beaucoup... enfin, du moins telle que je l'entends.

Janet sauta au cou de son mari.

– Oh! Dick, Dick, que je suis heureuse!

– Parce que vous avez récupéré mon bouton?

– Vous ne pouvez pas deviner!

– Il y a des tas de choses que je ne devine pas, *darling,* et notamment de quelle façon vous avez pu mettre la main sur ce bouton?

Force fut à la jeune femme d'avouer à son mari sa démarche auprès de Chris et, emportée par se rancune contre l'inspecteur qui lui avait fait douter de Bolton, elle dit les soupçons de Mortlocke, soupçons que la reconnaissance du bouton par sa visiteuse transformait en certitude. Amer, Dick constata :

– Ainsi, cet idiot non seulement me croit vénal, non seulement, il imagine que je suis aux ordres de Melvin Davis, mais encore il est tout prêt de me prendre pour un assassin! Janet, j'ai bien envie d'aller lui casser la figure!

– Non, Dick! Vous ne ferez pas une chose pareille! D'abord, cela ne convaincrait pas Chris et vous vous déshonoreriez! Imaginez un peu un superintendant de Scotland Yard se colletant avec un de ses adjoints? Votre carrière serait fichue, Dick.

– Vous avez raison, *darling,* mais cette fois, la coupe est pleine! Je vais réclamer le changement de Mortlocke. Je ne peux plus travailler avec un homme qui n'a pas ma confiance. Désormais, Janet, je vous prie de ne plus jamais prononcer le nom de cet individu. C'est moi qui l'ai amené ici, je vous en demande pardon.

– Nous nous sommes trompés l'un et l'autre sur le compte de Chris Mortlocke, Dick. Tâchons de l'oublier.

Au chevet de Joyce qui portait des compresses autour du cou, Chris essayait d'obtenir des renseignements sur l'agresseur de sa bien-aimée. Il n'y parvenait pas.

– Quand j'ai ouvert la porte et que je me suis trouvée en face de cet homme à lunettes noires et à grosse moustache blonde, je n'ai pas réalisé tout de suite. Ce n'est que lorsqu'il est entré en me repoussant que j'ai compris, que je me suis rappelée. J'ai voulu crier, mais il m'a mis une main sur la bouche et m'a entraînée jusque dans le living-room, me chuchotant. « Un seul cri, Mrs. Henderson, et je vous tue. Si vous restez tranquille, il ne vous arrivera rien. »

– Et pendant tout ce temps, vous ne l'avez pas observé? Vous n'avez pas noté un détail?

– J'avais trop peur! Il m'a prévenue : « Il faut que ces fouineurs cessent de tourner autour de nous, Mrs. Henderson, ou il vous en cuira. Nous avons déjà donné un leçon à cet inspecteur qui met un peu trop de zèle à rechercher le meurtrier de votre époux, Mrs. Henderson, mais nous ne pouvions agir autrement. Le patron souhaitait qu'on vous fasse subir le même sort et pour la même raison. Ce n'est que partie remise si vous ne parvenez à dissuader Mortlocke de s'occuper d'autre chose. C'est bien compris? » J'avais la gorge si serrée que je ne réussissais pas à articuler un mot. Il s'est levé – je l'ai suivi dans le hall et au moment d'ouvrir la porte, il s'est retourné vers moi et m'a murmuré : « Excusez-moi, Mrs. Henderson, mais je ne tiens pas à ce que vous ameutiez le quartier » – et... il a posé ses horribles mains autour de mon cou et il a serré... Après, je ne me rappelle plus. J'ai dû crier sans en avoir conscience; car je me suis réveillée la tête sur le genou de Mrs. Miller...

– Celui-là, le jour où je le tiendrai... Vous ne souffrez pas trop?

– Mais non, c'est plus la peur éprouvée que le coup qui m'a mise dans cet état... Mais vous-même, Chris?

– Moi, c'est mon métier.

– Chris, il faut abandonner.

– Jamais!

– Si, comme vous me l'avez avoué, vous nourrissez une... une certaine inclination pour moi, je vous supplie de suspendre votre enquête. Je sens maintenant qu'elle ne donnera rien et je ne veux pas être responsable de ce qui pourrait vous arriver.

– Si je renonçais, Joyce, dans quelques mois, on classerait l'affaire.

– Tant pis! Que vous mourriez ou que vous restiez estropié ne rendrait pas la vie à mon mari. J'aimais Larry et je crois qu'il me le rendait, mais nul n'a le droit de s'intéresser aux morts plus qu'aux vivants.

– Vous avez changé, Joyce.

– Peut-être... Je ne me suis pas rendu compte dans quelle entreprise folle je m'embarquais et je vous embarquais! J'ai perdu Larry, Chris, je ne tiens pas à vous perdre vous aussi... Vous êtes mon seul ami, le seul à qui je puis tout dire, devant qui je n'ai pas honte de me montrer peureuse et faible.

Mortlocke prit la main de Joyce et y déposa un baiser.

– Permettez-moi de vous confier que vous venez de me donner une de mes plus grandes joies. Je ne vous en serai jamais assez reconnaissant.

– Allons, allons, Chris, ne recommencez pas à chevaucher vos chimères!

– Bon, eh bien parlons d'autre chose! Vous savez que je vous obéirai en tout et pour tout.

– C'est vrai?

– Je vous défends d'en douter!

– Alors, je vous ordonne de ne plus vous mêler de l'enquête sur le meurtre de Larry.

– Je vous répète que rien ne pourrait plaire davantage au superintendant! Je suis sûr qu'en quelques semaines, il bouclerait le dossier et l'enverrait aux archives!

– C'est ce que je souhaite maintenant, Chris, et je suis convaincue que Larry – s'il m'entend – m'approuve. Il redoutait trop les responsabilités pour accepter que d'autres et moi-même risquent leur existence à seule fin de le venger. Chris, écoutez-moi... ne transformez pas cette histoire en je ne sais quelle question d'amour-propre. Je n'ignore pas que c'est pour moi et pour moi seule que vous vous acharnez contre ce Davis. Est-ce vrai?

– Un peu...

– Non, Chris, Beaucoup, mais laissez-moi vous assurer que conduire cet homme au gibet ne vous grandirait pas à mes yeux. Je n'ai nul besoin de ce témoignage de votre habileté pour vous estimer.

– Donnez-moi... quinze jours encore?

– Il faut moins de temps que cela pour mourir.

– Je vous en prie?

– Soit. Mais d'ici une quinzaine, dans un sens ou dans l'autre, j'exige que ce soit terminé.

– Ce le sera. Vous avez ma parole.

– Merci.

– Et maintenant, essayez de vous rappeler... L'homme ne portait-il pas une sorte de manteau confortable?

– Non, un imperméable.

Dépité, Chris espéra quand même avoir deviné juste.

– Vous en êtes certaine?

– Chris! à une femme, vous demandez si elle est sûre de ne pas se tromper à propos d'une question vestimentaire qu'elle a remarquée? Non, cet individu avait un imperméable très ordinaire, comme il y en a des millions... Le superintendant, lui, était vêtu d'un manteau correspondant à votre qualificatif de confortable.

– Le superintendant? Vous avez reçu Richard Bolton?

– Oh! je m'en veux!... J'avais promis de ne pas vous souffler mot de sa visite...

Mortlocke n'y comprenait plus rien.

– Mais pourquoi cette visite? Pour quelles raisons ne vous a-t-il pas convoquée au Yard?

– Parce qu'il ne venait pas à titre officiel.

– Et à quel titre alors?

– A celui d'ami...

– Il prétend être votre ami?

– Non, le vôtre, Chris... Il m'a raconté ce qui vous est arrivé chez Davis. Il m'a confié son impuissance à vous rendre raisonnable et qu'il craignait pour votre vie. Il m'a prié d'essayer là où il échouait...

– Ce que vous avez réussi!

– Croyez-moi ou non, Chris, je n'avais pas besoin de la visite de Bolton pour vous adresser la même prière.

– En tout cas, cela fait deux fois que les Bolton...

– Taisez-vous, Chris. Vous êtes injuste! Le superintendant a certainement de l'affection pour vous. Vous auriez tort d'en douter et... cela me déplairait. Je déteste les ingrats.

Malgré sa déception, en dépit de son amertume, Mortlocke regagnant Londres, reconnaissait honnêtement qu'il n'avait pas fatalement raison en tout et pour tout, et que la démarche de Richard pouvait aussi être considérée sous un angle favorable. Parti sur ce chemin, il ne traîna pas en route, et assez vite, en arriva à conclure qu'il s'était peut-être bien conduit comme un sot à l'égard des Bolton, ses seuls amis. Il fallait vraiment qu'il fut aveuglé par le parti pris pour avoir admis l'idée que Bolton – qu'il connaissait depuis si longtemps – pût ne pas être un honnête policier. Le remords poignait le cœur de Chris lorsqu'il arriva au Yard le lundi matin, et parce qu'il savait avouer ses torts, il décida d'avoir immédiatement un entretien avec le superintendant, à qui il présenterait ses excuses si Richard l'exigeait.

Malheureusement, dès les premiers mots de leur dialogue, Chris se heurta à un mur. Pourtant il y mit du sien, quoi qu'il lui en coûtait.

– Richard, je viens de Watford...

– Contre mes instructions.

– Excusez-moi, je...

– Non. Vous êtes inspecteur au Yard, Mortlocke. Un inspecteur comme les autres et, comme les autres, vous devez obéir!

Chris essaya une ultime tentative.

– Je suis allé voir Mrs. Henderson, parce que j'avais trouvé...

– Je sais et je vous remercie de l'étrange confiance que vous me portez. Les preuves d'amitiés que je vous ai données pendant des années ne vous ont nullement empêché d'admettre l'hypothèse de ma complicité avec un gangster – d'après vous faussement repenti – et même d'envisager ma participation à un meurtre!

– Mais...

– A cause de vous, Mortlocke, ma femme à douté de moi et qu'elle ait pu douter de moi l'a transformée à mes yeux. A cause de vous, notre union ne sera plus jamais ce qu'elle était. Un résultat que je ne puis pardonner. Désormais, vous n'êtes plus pour moi qu'un fonctionnaire du Yard avec qui j'espère n'avoir plus aucun rapport, même de service, car j'ai obtenu votre mutation, vous passez sous les ordres du superintendant Hugues Bowen. L'inspecteur Denys Cayer occupera votre bureau à une heure. Au même moment, vous vous installerez dans le sien. Adieu.

Sitôt qu'il eût quitté le superintendant, Mortlocke commença à préparer ses affaires personnelles. Le coup était dur. Il aimait son service et l'équipe où il travaillait. Il avait la conviction profonde qu'il venait de perdre son seul véritable ami, et cela par sa faute. Il éprouvait de la honte à l'idée d'avoir remercié les Bolton de leur affection en abîmant leur ménage. L'inspecteur Christopher Mortlocke se tenait pour le plus malheureux des hommes.

Seule, Joyce Henderson sut trouver les mots pour apaiser la peine de Chris en lui demandant de s'en remettre au temps qui – comme chacun sait – arrange bien les choses. L'inspecteur prit l'habitude de rendre visite à la veuve de Watford tous les samedis. Il se formalisa un peu en constatant, dès sa troisième visite, que Joyce conviait toujours une autre personnne (généralement une voisine) à partager leur conversation. Un jour qu'il en montrait de l'humeur, elle lui expliqua gentiment que sa réputation s'accommoderait mal de tête-à-tête réguliers. Plus qu'une autre, une institutrice était l'objet de l'attention générale du quartier. Mortlocke se résigna, attendant avec impatience l'expiration du délai imposé par la loi et les convenances pour parler de mariage à celle qu'il aimait et considérait déjà comme sa compagne.

Naturellement, dans la quinzaine ayant suivi son départ du service de Bolton, Chris ne progressa pas d'un pouce dans son enquête sur Davis. D'ailleurs, il ne pouvait pratiquement agir, car il se savait surveillé par le superintendant Bowen à qui Bolton avait, sans aucun doute, passé des consignes. Fidèle à la parole donnée à Joyce, il se désintéressa de Davis et du meurtre de Larry Henderson pour se consacrer tout entier à ses nouvelles tâches.

Ainsi, les mois passèrent, mois dont la grisaille n'était éclairée que par son intimité de plus en plus profonde avec Joyce Henderson. Elle lui confiait ses petits soucis d'institutrice, lui parlait de ses élèves, des voyages qu'elle aimerait entreprendre et en échange, il lui contait ses préoccupations professionnelles. Par moments, Mortlocke avait le sentiment que Joyce et lui étaient mariés depuis longtemps. En novembre, la presse qui donnait une grande place à la vie londonienne, annonça le mariage de Melvin Davis et de Barbara Cockburn, et presque au même moment, Chris rencontra l'inspecteur Cayer, son remplaçant. Par lui, il sut que le dossier Henderson était pratiquement clos. On allait l'envoyer aux archives où il serait placé sur le rayon des affaires non résolues. A cette nouvelle, Chris retrouva sa hargne ancienne. Tout en lui s'indignait, se révoltait à l'idée que Davis, bien qu'il eût des crimes sur la conscience, pût connaître les douceurs du foyer et couler des jours paisibles. Il fit part de sa colère à Joyce qui conclut simplement :

– Maintenant, Larry est mort vraiment... Il faut nous consoler. Chris, en nous répétant que nous avons agi pour le mieux. Il n'a pas dépendu de nous qu'il en aille autrement.

Mortlocke savoura le meilleur Noël de son existence en compagnie de Joyce, de Mrs. Gilmon et de son fils Benny. Pendant quelques heures, Chris crut avoir une famille, et s'il apporta un joli cadeau à sa bien-aimée, il n'oublia ni le petit garçon ni sa mère.

Désormais, pareil au soldat attendant d'être libéré du service, Mortlocke raya un à un les jours qui le séparaient de l'anniversaire de la mort de Larry Henderson, se promettant de demander sa main à Joyce dans la semaine qui suivrait.

Un soir de la fin février où régnait sur Londres un temps affreux, Mortlocke eut affaire dans Soho. Son enquête au sujet d'un Grec soupçonné de meurtre l'ayant obligé à rester assez tard dans le quartier, il se trouva à passer par Break Street et tomba en arrêt devant l'enseigne du cabaret de Melvin Davis. Mû par une impulsion irraisonnée, il entra. A sa vue, Swan Lake marqua une hésitation.

– Vous venez en ami ou en ennemi, inspecteur?

– Pour l'instant, en client.

Lake le conduisit à une table ou presque tout de suite, la nouvelle Mrs. Davis avertie, le rejoignit.

— Accepterez-vous, cette fois, que la maison vous offre votre whisky, inspecteur?

— Non.

Elle eut un pauvre sourire.

— Toujours hostile, à ce que je comprends?

— Je n'oublie jamais rien, Mrs. Davis.

— Dois-je annoncer votre présence à Melvin?

— Si vous voulez, quoique la dernière fois, cela ne m'ait pas tellement réussi...

— Je souhaiterais tant que vous vous réconciliez, Melvin et vous!

— Je ne pense pas que ce soit possible, Mrs. Davis.

Au bout de quelques instants, Perry Sadler s'approcha de la table de Chris pour lui confier que le patron serait heureux de le recevoir dans son bureau.

— Me réserve-t-il le même traitement que lors de notre premier entretien?

— Je ne suis qu'un employé, inspecteur... Maintenant, si vous avez peur?

— Sadler, si nous n'étions pas en public, je vous ferais ravaler cette remarque.

— Tout le plaisir serait pour moi, inspecteur.

A la suite de cette brève et discrète altercation, le policier perdit une partie de son sang froid, et c'est dans un état de surexcitation — tenant à ses sentiments envers Davis et l'humiliation que venait de lui infliger Sadler — qu'il pénétra dans le bureau de Melvin. Ce dernier l'accueillit avec une fausse jovialité.

— Apportez-vous la paix ou la guerre, inspecteur?

— Ni l'un ni l'autre. Je ne suis ici qu'en simple client.

— Alors, nous pouvons trinquer?

— Non.

Davis devint grave et repoussant la bouteille de whisky qu'il sortait déjà de son bar, déclara :

— Inspecteur, il serait bon, je pense, que nous

nous expliquions une bonne fois pour toutes. Qu'avez-vous contre moi?

– Ce que j'ai contre tous ceux qui profitent d'un bien mal acquis, contre tous ceux dont la réussite est une insulte aux honnêtes gens.

– Voyons, inspecteur, je ne suis pas le seul à Londres à avoir réussi en passant pas des chemins pas très droits, j'en conviens... Pour quelles raisons vous en prendre spécialement à moi?

– Parce que je n'admets pas que vous ne payiez pas vos forfaits!

– Dites donc, je me suis tapé pas mal de prison!

– Ce n'est pas à la prison que je pense.

– Encore votre histoire de gibet. Mais, par Saint-George, pourquoi tenez-vous tant à me conduire à la potence?

– Parce que je songe à cette jeune femme et à son bébé que vous avez tués à Harrogate.

Et, comme jadis, dans le bureau de Bolton, Mortlocke surprit le tressaillement de son interlocuteur au nom d'Harrogate. Davis essaya d'ironiser.

– C'est une idée fixe, ma parole!

– Parce que je ne passe pas l'éponge non plus sur le meurtre de Larry Henderson.

Melvin soupira.

– Enfin, si cela vous amuse, je n'y peux rien. Continuez à fouiner, vous ne trouverez rien.

– Je suis sûr du contraire. Nous ne nous reverrons plus, Melvin Davis, sauf devant le tribunal, et je serai là lorsque à Old Bailey le lord se coiffera de la toque noire (1).

– Foutez-le-camp!

– Vous n'appelez pas vos tueurs, cette fois?

– Foutez-le-camp!

– D'accord je me retire... mais vous aurez beau tenter tout ce que vous voudrez, vous susciter des

(1) Old Bailey est le siège des Assises à Londres. Lorsque le président (Lord) rend un verdict de mort, il se coiffe d'une toque noire.

appuis puissants, je finirai par vous faire prendre, Davis!

Et Mortlocke était persuadé de pouvoir tenir un jour sa promesse, bien que pour l'instant, il ne voyait pas du tout de quelle façon il s'y prendrait.

De retour dans Break Street, le mauvais temps lui parut plus supportable, le brouillard même ne l'obligea pas à se recroqueviller dans son pardessus. Une sorte de certitude l'habitait : il aurait Melvin Davis un jour ou l'autre, et par lui, la Justice – du moins en ce cas particulier – retrouverait le visage sévère et serein qu'elle ne devrait jamais quitter. Chris pensait à cette femme, dont il ignorait tout, et qui avait été écrasée avec son enfant, et pour laquelle il se prenait d'une sorte d'étrange amitié. Il savourait l'idée de cette ombre abandonnée dont il deviendrait le vengeur. Joyce avait beau prétendre qu'elle voulait oublier les circonstances de la mort de Larry, elle goûterait une minute exaltante lorsque le bourreau ouvrirait la trappe sous les pieds de Melvin Davis.

Satisfait de lui-même, Mortlocke s'offrit un bon dîner dans un restaurant italien de Deans Street et but avec délectation son Chianti. Un moment, il songea à téléphoner à Joyce pour lui dire sa conviction nouvelle, mais il craignit qu'elle ne lui rappelle une promesse qu'il n'était plus décidé à respecter. Tout en mangeant, il dressait son plan de bataille. Pas d'illusion à nourrir sur l'aide qu'il pourrait espérer au Yard. Le superintendant Bowen le renverrait à Bolton et tout serait terminé. Depuis des années, Chris n'avait pas pris de vacances. L'occasion s'avérait propice de travailler en toute liberté. Il demanderait le mois de congé qu'on lui devait et s'en irait enquêter pour son compte personnel à Harrogate, lieu du drame initial, Harrogate où Mortlocke se persuadait de plus en plus que résidait la solution du problème. Pour s'en convaincre, il n'avait qu'à se souvenir de l'émotion de Davis à chaque fois qu'il prononçait le nom de la ville.

Au Yard, on ne souleva aucune difficulté pour accorder à Mortlocke le congé d'un mois qu'il sollicitait. La veille de son départ en vacances, il reçut la visite de Barbara Davis. Intrigué, il se demandait bien ce que l'ex-danseuse lui voulait. Melvin, inquiet, essayait-il une nouvelle fois d'obtenir sinon la paix, du moins la neutralité du policier? Barbara, le visage sévère et ne visant pas à séduire, entra tout de suite dans le vif du sujet.

– Inspecteur, Melvin m'a mise au courant de votre entretien de l'autre soir. Il l'a fait de mauvaise grâce, mais il l'a fait.

– Et alors?

– Pourquoi vous acharnez-vous contre nous?

– Contre lui.

– Melvin et moi sommes mariés. Ce qui atteint l'un touche l'autre.

– Je le regrette pour vous. Permettez-moi de souligner que vous auriez dû réfléchir à deux fois avant de vous unir à un pareil individu.

– C'est de mon mari que vous parlez, inspecteur!

– Cela m'est égal.

– Mais enfin, il doit bien y avoir une raison à cet entêtement que vous mettez à nous nuire?

– La raison, je l'ai donnée à Davis et à plusieurs reprises; je n'admets pas que des criminels puissent jouir d'une prospérité mal acquise?

– Ecoutez-moi, inspecteur : épouser Davis a été pour moi ma dernière chance. J'ai plus de quarante ans et je n'ai pas un sou. Sans lui, je ne sais pas ce que je serais devenue, ou plutôt si, nous pouvons le deviner vous et moi... Melvin m'a arrêtée sur le chemin qui descend et qu'on ne remonte plus. Je vous le demande en grâce, laissez-nous tranquilles. Nous nous conduisons correctement et je vous donne ma parole que nous ne commettrons jamais rien d'illégal... N'avons-nous pas droit à notre petite part de bonheur?

– Non.

Elle se mit à pleurer sans bruit.

– Vous êtes heureux, n'est-ce pas?

– Cela ne vous regarde pas et d'autre part, j'ai des affaires urgentes à régler, aussi vous voudrez bien m'excuser...

– Inspecteur, au nom de...

– Au revoir, Mrs. Davis.

Alors elle se leva, admettant sa défaite, mais avant de sortir, elle assura sans crier :

– Si par un moyen ou par un autre, vous parveniez à abattre Melvin, je n'aurai plus rien à quoi m'accrocher dans la vie, inspecteur, sauf la vengeance.

Il ricana :

– Des menaces? Vous devez bien vous douter que j'en ai entendu quelques-unes au cours de ma carrière.

– C'est possible, mais je vous jure que si, à cause de vous, je perds mon mari, je vous tuerai.

Elle avait refermé la porte derrière elle avant qu'il ait trouvé quoi que ce fût à lui répondre.

Chris s'installa dans un modeste hôtel de Chatswoorth Road, à Harrogate. La ville, en cette saison, avait cet aspect triste des villes d'eau en hiver. On l'eût dite plongée dans un sommeil dont rien ne la réveillerait jamais. Le policier se félicita d'une tranquillité lui permettant de vaquer à ses occupations sans craindre les encombrements, mais d'autre part, l'absence de la foule estivale l'obligeait à une prudence renforcée car ses allées et venues risquaient d'attirer l'attention de la police locale avec laquelle il ne tenait pas à entrer en rapport. Descendu à l'hôtel sous son nom, mais en indiquant une fausse profession, il divisa Harrogate en quartiers dont il entreprit de visiter les garages pour se rendre compte si on y connaissait ou non la voiture de Melvin Davis dont il savait, naturellement, le numéro. Pendant trois semaines, il s'épuisa en marches quelquefois assez longues, sans aboutir à rien. Tous les garagistes avaient eu à s'occuper d'Hillman, mais jamais de celle à laquelle Mortlocke s'intéressait ou bien, ils n'en avaient pas noté le numéro. L'inspecteur voyait arriver le terme de ses vacances en même temps que l'affirmation de sa défaite. Il commençait, plein d'amertume, à se demander s'il ne s'était pas trompé... Aurait-il perdu pour rien l'amitié de Richard et de Janet Bolton?

Un matin qu'il errait sans but fixé dans le quartier lointain de Red Cat Hill, le hasard lui fit emprunter Saint John's Grove et, n'en croyant pas ses yeux, il tomba en arrêt devant la voiture qu'il cherchait vainement depuis presque un mois. Le cœur battant, n'osant pas admettre sa chance, Chris resta quelques secondes comme paralysé, puis il se hâta d'essayer de se dissimuler, mais dans cette rue quasi campagnarde, la chose n'était pas facile. Risquant le tout pour le tout, il se présenta à la petite villa sise presque en face de celle devant laquelle l'Hillman stationnait et, montrant son insigne de policier du Yard, demanda et obtint l'autorisation de surveiller la sortie du propriétaire de la voiture. L'hôte obligé de Mortlocke montra quelque étonnement.

– C'est Mr. Davis que vous guettez?

Une joie profonde inonda le policier.

– Parce que c'est à lui cette voiture?

– Bien sûr...

– Alors, je me serais donc trompé... Ma surveillance n'a plus d'objet. Nous connaissons parfaitement Melvin Davis, mais, voyez-vous, nous ignorions qu'il possédait une résidence à Harrogate.

– Ce n'est pas lui, mais sa sœur, Mrs. Snow... une malheureuse déséquilibrée, une veuve que son frère refuse de laisser enfermer. Je dois dire qu'elle est très tranquille. Elle vit là avec une vieille femme qui lui sert d'infirmière. Ah! Mr. Davis porte une lourde croix... Un homme bien respectable, si vous voulez mon avis, inspecteur...

A ce moment, Chris aperçut Melvin quittant la maison, grimpant dans sa voiture et démarrant.

– En effet... Il est rare de constater une affection fraternelle de cette qualité. Il vient sovuent rendre visite à sa pauvre sœur?

– Au moins une fois par semaine.

– Le matin?

– Le plus souvent, mais il lui arrive de passer la nuit.

Mortlocke prit congé de son aimable informateur et, traversant la rue, sonna à la porte de la ville où Davis cachait sa sœur démente. Un petit jardin séparait le perron de la porte ouvrant sur la rue. Une femme se montra et, du seuil de la demeure, cria :

– Qu'est-ce que c'est? On n'a besoin de rien!

Chris jeta un coup d'œil autour de lui et constata que la rue était déserte et qu'on ne risquait pas de l'entendre.

– Je suis envoyé par la mairie.

Le cerbère femelle s'approcha pour regarder Mortlocke sous le nez.

– C'est drôle, je ne vous connais pas! Vous avez un papier, une carte?

Il lui mit son insigne devant les yeux. Elle balbutia :

– La police... mais... mais pourquoi?

– Quand je serai rentré, je vous le dirai.

– Mr. Melvin m'a défendu...

– On ne peut rien défendre à Scotland Yard et vous le savez bien!

Avec un soupir, elle s'avoua vaincue et ouvrit la porte. Quand il fût dans le jardin, elle s'enquit :

– Qu'est-ce que vous cherchez, j'ai une malade et...

– C'est justement elle que je veux voir.

– Ce n'est pas possible!

– Mais si, mais si...

Et sans plus se préoccuper de la bonne femme, il escalada le perron et entra dans la maison. Une voix au timbre fêlé s'enquit :

– C'est vous, Margaret?

La servante-infirmière, qui avait rattrapé le policier, répondit.

– Non, c'est un gentleman qui désire vous... vous parler.

– De la part de Melvin?

Une femme d'une cinquantaine d'années, au visage très pâle, incroyablement vêtue d'une robe de mariée jaunie, apparut dans le hall. Stupéfait, Chris songea tout de suite au roman de Dickens, *Les Grandes Espérances,* et crut se trouver en présence de miss Havisham. Avant qu'il ait prononcé un mot, la malade l'interrogea :

– C'est Melvin qui vous envoie? Pourquoi est-il en retard pour notre mariage? Tous les invités sont partis. Ce sera bien difficile de les rattraper. Mais peut-être nous attendent-ils à l'église?

Un peu perdu, Mortlocke se tourna vers la gardienne.

– Qui est-ce?

– Mais Mrs.... je veux dire Mrs. Snow... la sœur de Mr. Davis.

– Pourquoi est-elle vêtue de cette façon?

L'autre haussa les épaules.

– Ses imaginations...

La démente paraissait ne rien entendre de ce qu'on racontait en sa présence. Très lady, elle pria l'inspecteur de la suivre dans sa chambre. La surveillante tenta de s'y opposer, mais avec tant de maladresse que Mortlocke soupçonna qu'elle s'efforçait de lui cacher quelque chose. La repoussant doucement, il rejoignit la prétendue Mrs. Snow et, presque immédiatement, son regard fut attiré par une photographie où un Melvin Davis, jeune, souriant, en smoking, donnait le bras à Mrs. Snow vêtue de la même toilette qu'elle portait présentement, mais d'une fraîcheur impeccable. La gardienne, dans son dos, pleurait. Alors, la vérité apparut à Chris et il sut qu'il était parvenu enfin au bout de sa tâche : il allait coincer Davis. Laissant la malade à son jeu irréel, il entraîna la vieille femme dans le hall.

– Et maintenant, expliquez-moi et vite, sinon il vous arrivera de gros ennuis! Elle ne s'appelle pas Snow, n'est-ce pas?

Effondrée, la gouvernante ne résista pas.

– Non.

– C'est Mrs. Davis?

– Oui... Mrs. Edith Davis.

– La femme légitime de Melvin?

– Oui.

– Quand l'a-t-il épousée?

– Il y a une vingtaine d'années.

– Et elle est ainsi depuis quand?

– Huit ans.

– Vous n'ignorez pas que Melvin est remarié?

– Non.

– Et donc qu'il est bigame?

– Oui.

Elle tenta de le défendre.

– Il ne pouvait pas rester enchaîné à cette malheureuse qui est incurable... Il n'a pas voulu la placer dans un asile. Alors, je suis venue...

– Qui êtes-vous?

– Miss Kate Shrap, la nourrice d'Edith...

Mortlocke se précipita au poste de police d'Harrogate, se fit connaître et révéla toute l'affaire. Le soir même Melvin Davis était arrêté sous l'inculpation de bigamie et de fausse déclaration d'état civil. Chris resta encore quelques jours à Harrogate pour tenter de chercher des preuves de la culpabilité de Melvin dans la mort de la jeune femme et son bébé écrasés, mais il n'y parvint pas et regagna Londres un peu dépité de ne pouvoir conduire Davis au gibet, mais satisfait tout de même d'avoir établi la justice dans ses droits.

Contrairement à l'attente des Londoniens, ces

premiers jours de mars furent ensoleillés et déjà, on devinait dans l'air les douceurs annonçant le printemps. Mortlocke en était tout ragaillardi tandis qu'il gagnait le Yard pour y reprendre son service. A peine y fut-il arrivé que le superintendant Bowen le fit appeler.

– J'ai appris ce que vous avez fait à Harrogate, Mortlocke.

– Mon devoir, sir.

– Je ne vous chicanerai pas là-dessus, inspecteur. Cependant, vous avez mis à traquer Melvin Davis un acharnement qui, sans aucun doute, dépassait ce que vous appelez votre devoir.

– Me blâmeriez-vous, sir, d'avoir démasqué un bigame?

– Bien sûr que non puisque mon métier est d'imposer le respect de la loi, même dans ce qu'elle a de plus absurde. Ce Davis – que je ne connais pas – était lié à jamais à une morte-vivante. Sa bigamie – que je n'excuse pas, inspecteur – ne ressemble en rien à celles des escrocs au mariage. D'autre part, d'après le rapport d'Harogate, cette malheureuse femme jouissait d'un excellent traitement.

– Il n'empêche que le crime est patent, non?

– D'accord... et pour résumer mon sentiment, Mr. Mortlocke, je rends hommage à vos qualités de policier, mais sur le plan humain, je préfère me dispenser de vous serrer la main. C'est tout, inspecteur.

Chris regagna son bureau furieux. Pour lui, il n'était pas douteux que Bolton avec endoctriné Bowen et que les deux hommes s'efforceraient de lui rendre l'existence impossible, mais son entêtement triompherait de leur coalition. Certes, les remarques de Bowen le touchaient un peu et, pour la première fois, il se demanda s'il s'était comporté comme il l'aurait dû, mais la certitude qu'en envoyant Davis en prison, il vengeait Larry Henderson, le rassérénait. Maintenant, il pourrait demander à Joyce de devenir sa femme.

Peu désireux de rencontrer ses collègues dont certains dans l'après-midi lui avaient battu froid, Mortlocke attendit que les bureaux du Yard se fussent vidés pour sortir à son tour. Afin de calmer son énervement, il s'en fut dîner, le soir venu, dans un restaurant de West Kensington et rentra chez lui à pied. Il arriva devant sa porte à la nuit noire. Au moment où il s'apprêtait à introduire sa clef dans la serrure, deux ombres l'encadrèrent, tandis qu'on chuchotait à son oreille :

– Ne bougez pas, inspecteur... Suivez-nous gentiment et il ne vous arrivera rien de grave, du moins pas aujourd'hui.

Mortlocke sentait la pointe du couteau qui le piquait un peu sous les côtes.

– Tuer un policier coûte le maximum dans notre pays, Sadler.

– Je sais inspecteur, je sais, mais je vous tuerai quand même si vous ne m'obéissez pas. Prends-le parle bras, Lake.

Les deux hommes n'essayaient pas de se dissimuler, et cette résolution ébranla la fermeté de Chris. Peut-être, si Joyce n'avait pas existé, aurait-il tenté quelque chose, mais depuis qu'il espérait faire de Joyce sa femme, il tenait à la vie. Puis, il avait la certitude que ces deux-là le tueraient le cas échéant en se fichant du prix à payer.

– Entendu, je vous suis.

Encadré par ses ravisseurs, Mortlocke grimpa dans une voiture au volant de laquelle se tenait Phipps. Le policier voulut plastronner.

– Toute l'équipe à ce que je vois?

Sadler répondit :

– Oui, toute l'équipe, inspecteur. C'est ce que vous auriez dû comprendre avant de vous en prendre à Melvin.

Ils roulèrent peu de temps et s'arrêtèrent dans Chelsea. Cette absence de précaution, cette lutte à visage découvert impressionnait Chris. Ces gens-là s'imaginaient bien forts ou étaient résolus à tout. Ils grimpèrent un escalier et pénétrèrent dans une chambre où Barbara Davis attendait. Ses traits ravagés disaient assez ses sentiments. Elle regarda longuement Mortlocke.

– Vous êtes content de vous, inspecteur?

– En quoi est-ce que cela vous regarde?

– J'aimerais connaître la vraie pensée d'un salaud.

Elle se leva et, venant à lui, lui cracha au visage. Il s'essuya lentement. Et tout aussi tranquillement, assura :

– Vous me paierez ça, Barbara Cockburn...

Elle eut un rire sans joie.

– Toute ma vie, je n'ai fait que ça, payer. Et maintenant, on ne peut plus rien me prendre. Il a fallu que vous alliez fourrer votre sale nez à Harrogate, hein?

– Vous étiez donc au courant?

– Ça vous étonne? Melvin m'a tout avoué... Vous auriez voulu que je sacrifie les dernières belles années qui me restaient à une folle? à une folle ne se rendant compte de rien? Et pourquoi? Ce n'est pas à nos âges qu'on aurait eu des enfants! Alors, ça gênait qui?

– La loi.

– La loi? Je l'ai toujours trouvée en travers de mon chemin, celle-là, et jamais pour m'aider! A croire que la loi n'existe que pour les riches. Melvin, Sadler, Lake, Phipps et moi, on avait compris. On était décidé à mener une petite existence pénarde à Soho. Associés comme au vieux temps, mais pour un travail correct, cette fois, et puis voilà que vous vous amenez et que vous faites tomber Melvin et nous avec. Vous ne croyez pas que vous vous en tirerez comme ça, tout de même, Mr. Mortlocke?

Chris n'éprouvait aucune crainte de ce qu'on lui laissait envisager, mais bien plutôt une certaine gêne de ce qu'il venait d'entendre. Ce qui le frappait le plus, c'était l'immobilité des trois hommes dans la pièce. Il ne les entendait même pas respirer. Barbara reprit :

– Melvin passera en jugement dans quinze jours... Nous attendrons jusque-là. S'il est condamné à plus d'un an, je vous tuerai, inspecteur.

Il haussa les épaules.

– Si vous étiez sincère, vous ne m'avertiriez pas.

Elle regarda les autres et dit avec effarement :

– Il n'a pas compris. Il ne comprend pas. Explique-lui, toi, Sadler, si tu peux.

– C'est pourtant simple, inspecteur, en faisant tomber Melvin, vous avez flanqué notre boulot en l'air. Ce qu'on en retirera servira à payer son amende et l'avocat. Si on doit plus le revoir de longtemps, nous sommes à la côte, tous. Alors, on se foutra de tout, et on vous descendra. Maintenant, on va vous raccompagner jusque chez vous.

Avant qu'il ne sorte, Barbara lança :

– Si vous tenez à jouir de votre retraite, inspecteur, pensez bien à ce que vous raconterez devant le tribunal.

Un simple chantage... Mortlocke en sourit de pitié. Ils se prenaient pour des durs, des imbéciles! Phipps arrêta la voiture juste devant son seuil. Sadler lui ouvrit la portière.

– N'essayez pas d'établir une souricière à Chelsea, inspecteur. Vous devez bien penser que nous ne sommes pas des enfants et si nous ne vous avons rien caché, c'est que dès cette nuit, nous déménagerons. Vous n'entendrez plus parler de nous jusqu'au jour où on jugera Melvin Davis.

Mortlocke ne tenait pas particulièrement à ce que ses collègues apprissent son odyssée nocturne. Au surplus, ni Barbara, ni ses complices, ne l'intéressaient. Il était sûr de les retrouver quand il le voudrait. Pour l'instant, il se prépara à déposer devant le juge et à montrer à ces truands de petite envergure qu'un homme du Yard ne se laisse pas intimider.

CHAPITRE VI

Dès que Chris entra dans la petite maison de Watford, Joyce lui tendit les mains :

– Je suis au courant... Merci.

Et Mortlocke fut payé de toutes ses peines, libéré de ses légers remords, lavé de ses amertumes. Il remarqua, avec joie, que pour ce samedi, Mrs. Henderson n'avait invité personne d'autre. Un vrai tête-à-tête. Il se demanda si ce ne serait pas l'occasion de parler de ses projets à la jeune femme. Peut-être même n'avait-elle préparé leur solitude à deux que pour entendre la déclaration de Chris? Il y aurait bientôt un an que Larry était mort, et Joyce n'ignorait pas les sentiments et les projets de l'inspecteur à son égard. Mais l'arrestation de Davis ne se confondait pas avec son châtiment et s'étant juré de ne parler qu'après la condamnation du gangster, Mortlocke résolut de se taire encore.

Un excellent après-midi. Mortlocke raconta son aventure d'Harrogate et son ennui parce que privé de ses promenades hebdomadaires à Watford. Joyce sourit et convint qu'à elle aussi, il lui avait manqué. Du coup, le policier nagea en pleine félicité et dut se cramponner à sa promesse pour ne pas jouer tout de suite le rôle de soupirant officiel. Mrs. Henderson ne se donna pas le ridicule de dire que « de là où il est, Larry vous remercie de ce que vous avez fait pour venger sa mémoire ». Elle se contenta de remarquer :

– Maintenant que ce Davis va aller en prison pour quelques années, la mort de Larry me pèse moins. Je n'ignore pas que ce n'est pas à cause de lui qu'il sera châtié, mais je me le figurerai...

– Il n'est pas prouvé que je ne puisse pas l'enfoncer un peu plus!

– Vous croyez maintenant?

– Evidemment, je n'ai pas de preuve à fournir au juge, mais je pense que votre témoignage créera une certaine impression et que le climat du procès ne lui sera sûrement pas favorable! Cela suffit pou aggraver une peine dans l'esprit des magistrats.

Mortlocke ne se rendait pas compte qu'en parlant ainsi, il trahissait ce devoir pour lequel il se voulait prêt à tous les sacrifices. Emporté par un élan où le mépris de la mahonnêteté, le goût de la justice impartiale, le désir de vengeance et l'amour se mélangeaient, il oubliait qu'un policier, plus encore que tout autre témoin, se doit de déposer sans haine et sans crainte. Quant à Joyce, elle aussi donnait l'impression de ne plus vivre dans le réel. On eût dit que la mort et la violence, en surgissant dans son univers tranquille d'institutrice, l'avaient métamorphosée. La petite bourgeoise anonyme de Watford se muait en une Dame médiévale acharnée à la poursuite du meurtrier félon. Chris et elle, perdant quasiment toute notion des contingences extérieures à leur hantise, se préparaient pour le procès de Melvin Davis comme jadis le preux chevalier et celle dont il portait les couleurs, pour le tournoi où devait triompher le Jugement de Dieu.

La foule qui se pressait aux abords d'Old Bailey le jour où s'ouvrit le procès intenté par la Couronne à Melvin Davis pour crime de bigamie n'apparaissait pas particulièrement distinguée. Elle se composait de tout le petit monde de Soho venu assister à la chute d'un de ses caïds. Pour ces histoires sordides, les gens biens ne se dérangent point. Chris s'arrangea pour procurer une bonne place à Mrs. Henderson, puis gagna la pièce réservée aux témoins. Au passage, il nota sans grand étonnement la présence du superintendant Bolton et de l'inspecteur Hadden.

Les débats s'ouvrirent exactement à l'heure prévue. Sir Benjamin Morgan présidait, Clarence May soutenait l'accusation et Malcolm McNamara défendait. Certes, tout le monde dans les milieux de robe connaissait l'habileté de McNarmara mise au service d'un savoir sans défaut, et tous ses confrères regrettaient que de pareilles qualités fussent jointes à une absence complète de scrupules. N'importe quel moyen s'affirmait bon pour Malcolm si cela pouvait tirer son client d'affaire. De l'avis unanime, il n'était pas un gentleman et aucun club « comme-il-faut » n'avait accepté de le recevoir. L'avocat s'en moquait, trouvant son plaisir à vivre dans Soho où il avait son bureau – son officine, ironisait la rumeur publique. Plusieurs fois déjà, il avait failli être chassé du barreau et il n'ignorait pas qu'on le guettait et qu'à la moindre faute trop flagrante... McNamara, un quinquagénaire haut en couleurs, à la voix puissante, usait d'une éloquence imagée qui impressionnait les jurys. Il ne connaissait pas de rival pour manier l'humour et amuser aux dépens des témoins défavorables à son client. Le public savait, lorsque McNamara plaidait, qu'on ne s'ennuyait jamais. Au contraire, Clarence May s'affirmait le prototype de l'avocat britannique. Raide, gourmé, d'une élégance de bon ton où rien ne choquait jamais, il parlait avec une éloquence glacée, quasi mathématique, ne procédant que par démonstrations impeccables, sans la moindre vibration humaine. Il fatiguait, mais il en imposait. A l'écouter, on s'imaginait revenu sur les bancs de l'école, mais on le comprenait et on ne pouvait moins faire que d'approuver. En écoutant les raisonnements de Clarence May, on se jugeait soi-même intelligent. On redoutait de l'avoir pour adversaire. Quant au juge, sir Benjamin Morgan, c'était un homme austère qui, à l'abri des murs de Old Bailey, semblait continuer à vivre en une époque révolue. Nul ne doutait – et McNamara moins que personne – que sir Benjamin ne devait marquer aucune indulgence pour le crime de bigamie qui, à ses yeux, dépassait sûrement en horreur tous les forfaits susceptibles d'être commis. En bref, les voyous de Soho prenaient l'acquittement de Davis à 50 contre 1, une condamnation à moins de dix ans à 2 contre 1, une condamnation à moins de deux ans à 20 contre 1.

Lorsque Davis pénétra dans le box des accusés, ses familiers notèrent qu'en quelques jours, il avait beaucoup vieilli. Des poches alourdisssaient ses yeux, ses joues s'affaissaient et son allure était celle d'un vaincu. Sous les injonctions que McNamara lui prodigua à voix basse, il tenta de se redresser, mais ce ne fut qu'un feu de paille et très vite, Davis redevint un vieux bonhomme fatigué. Après l'interrogatoire d'identité, on lut l'acte d'accusation, et sir Benjamin Morgan demanda à l'accusé s'il entendait plaider coupable ou non-coupable. McNamara répondit d'une voix claironnante :

– Nous plaidons coupable. Votre Honneur.

Immédiatement, le juge appela Mortlocke pour entendre sa déposition.

Tout en avançant dans la salle, l'inspecteur chercha Joyce des yeux et lui sourit. Elle lui rendit son sourire et il se sentit plein d'une force que rien ne pourrait ébranler, même pas le regard sévère du superintendant Bolton qui ne le quittait pas. Après avoir décliné ses nom et qualités, Chris fit le récit de sa découverte de la vraie Mrs. Davis et sir Benjamin apprécia la référence à Miss Havisham, car il déplorait le manque de culture des jeunes générations.

Lorsque Mortlocke eut terminé, l'avocat de la Couronne le pria de préciser certains points, puis l'abandonna à la défense. Chacun s'interrogeait sur ce que tenterait McNamara en vue d'amenuiser une déposition sans la moindre fioriture et contre laquelle ni l'accusé ni son avocat, n'avaient cru bon de protester.

– Inspecteur, étiez-vous venu à Harrogate en mission officielle?

– Non.

– Puis-je savoir la raison de votre séjour en cette aimable cité?

– Je m'y reposais.

– Permettez-moi de remarquer que vous avez une curieuse conception du repos... J'aurais pensé, quant à moi, que lorsqu'un policier prenait des vacances, il les employait surtout à oublier son métier et non à le continuer bénévolement!

L'avocat de la Couronne intervint :

– Votre Honneur, l'opinion de mon honorable confrère quant aux conceptions du témoin sur l'art de se reposer n'intéressent que lui. Il est possible que mon honorable confrère ne comprenne pas qu'on puisse aimer son métier au point de ne s'en détacher jamais complètement, mais j'oserai dire que cela ne nous regarde pas. Avec votre permission, Votre Honneur, j'ajouterai que pour si extraordinaire que cela puisse paraître à mon honorable confrère (et Clarence May avait une façon de prononcer « honorable » qui fut jugée la plus insultante du monde et ce, au grand régal des amateurs) il est des gens qui aiment le métier qu'ils exercent pour autre chose que l'argent qu'il leur rapporte.

On tomba d'accord dans l'assistance pour estimer que l'avocat de la Couronne venait de porter un coup sensible à McNamara qui réagit mal.

– Je n'ai jamais douté, pour ma part, que le très honorable avocat de la Couronne se veuille le défenseur de toutes les vertus même imaginaires... et qui par là-même sont plus faciles à pratiquer.

C'était assez piteux et le sourire méprisant de Clarence May marqua le point pour l'accusation. Sir Benjamin Morgan déclara qu'il serait très obligé aux avocats de ne pas se perdre en digression n'ayant point pour objet le procès en cours.

– La défense désire-t-elle justifier son intervention quant à la manière du témoin de passer ses vacances, ce qui, je l'avoue, me paraît en dehors des débats?

– Votre Honneur, le témoin peut-il dire s'il s'est rendu à Harrogate dans le seul but de se reposer ou avec la ferme intention de trouver quelque chose au sujet de mon client?

– Je ne saisis pas très bien, maître, à quoi vous souhaitez en venir? Les intentions du témoin et les faits reprochés à l'accusé... enfin... vous avez entendu la question, inspecteur?

– Je me suis rendu à Harrogate avec la volonté bien arrêtée d'y trouver une preuve contre Davis.

McNamara parut jubiler.

– Bien que vous ne soyez chargé d'aucune mission de cet ordre par vos supérieurs?

– En effet.

– Acceptez-vous, dans ce cas, de nous donner les raisons de cette hostilité avouée envers mon client?

Clarence May entendit se porter au secours de Mortlocke.

– Votre Honneur, si je suis le raisonnement de mon honorable confrère, tout policier qui obéit à son devoir démontre de l'hostilité envers ceux qu'il traque? Mon Dieu, nous nous en serions douté et je pense que tous, nous préférons qu'il en soit ainsi plutôt que d'apprendre qu'ils fraternisent avec les criminels!

Sir Benjamin approuva :

– C'est l'évidence même et vraiment, je comprends de moins en moins le but poursuivi par la défense.

McNamara s'énervait :

– Simplement, Votre Honneur, que lorsque l'inspecteur s'est rendu à Harrogate, il ignorait tout de ce qu'on reproche aujourd'hui à mon client, mais que pourtant, il cherchait à l'amener entre les mains de la justice. Je souhaiterais l'entendre exposer les raisons de cette hostilité – qui n'a rien de comparable avec celle très vague et qui va de soi, dont l'avocat de la Couronne parlait spécialement – une hostilité personnelle et qui ne me paraît pas cadrer avec l'impartialité exigée d'un policier procédant à une enquête!

Le juge, lui aussi, commença à montrer les signes d'exaspération.

– Inspecteur, vous n'êtes absolument pas tenu de répondre. Vos sentiments à l'égard de Davis ne regardent que vous, mais si vous acceptez de répondre, faites-le pour qu'on en termine avec un incident qui n'a que trop duré!

Chris jugea que sans s'en douter le moins du monde, McNamara lui fournissait l'occasion d'enfoncer Davis et de prédisposer les jurés à la sévérité. Narquois, il remarqua :

– Je tiens à souligner, Votre Honneur, que c'est à la demande expresse de la défense que je fournis les motifs de mon parti pris envers l'accusé.

– La Cour vous en donne acte, inspecteur.

Alors, guilleret, Mortlocke raconta toute l'histoire Henderson, les confidences de Joyce, et que s'il s'était rendu à Harrogate, c'est parce qu'il soupçonnait Davis d'être l'écraseur de la jeune femme et de son bébé et peut-être le meurtrier, par personne interposée, de Larry Henderson.

Ces déclarations déclenchèrent un véritable charivari au milieu duquel sir Benjamin, frappant son bureau à coups de maillet, eut toutes les peines du monde à rétablir l'ordre. Quand, enfin, le silence revint, on entendit Clarence May déclarer d'une voix pointue :

– Le moins que je dirai : Votre Honneur, c'est

que l'avocat de la défense a perdu une belle occasion de se taire!

McNamara rugit :

– C'est de la diffamation! Nous attaquerons l'inspecteur Mortlocke.

– Mon honorable confrère semble oublier que c'est lui-même qui a forcé le témoin à nous exposer son opinion quant à son client?

Dans le calme retrouvé, le juge Morgan commença par affirmer que si le public recommençait à se livrer à une manifestation aussi indécente que celle venant de se produire, il ordonnerait l'évacuation de la salle, puis :

– L'avocat de la Couronne a raison. C'est sur la demande expresse de la défense que le témoin a parlé et non de son propre chef, on ne saurait donc retenir contre lui l'intention de nuire. Ce n'est pas l'inspecteur qui a fait allusion à des faits en dehors des débats, mais vous-même, maître McNamara. Mais ce qui a été dit ici est si grave que je crois de mon devoir de ne pas passer sous silence ces histoires d'accident et de meurtre. J'estime que nous devons renvoyer l'audience pour convoquer Mrs. Henderson.

Clarence May rétorqua :

– Elle est dans la salle, Votre Honneur.

McNamara bondit :

– Vous voyez bien, Votre Honneur, que c'est un coup monté!

Ce à quoi l'avocat de la Couronne rétorqua :

– Dans ce cas, vous seriez complice, car nul ne prévoyait que vous contraindriez le témoin à déposer contre votre client!

Sir Benjamin frappa de nouveau avec son maillet :

– J'ordonne aux avocats de mettre fin à leur dialogue qui n'intéresse pas le jury! En vertu de mes pouvoirs, la Cour décide d'entendre Mrs. Henderson que je prie de venir jusqu'à nous et qui ne déposera pas sous la foi du serment. J'avertis le jury que ce qu'ils entendront ne souffrira pas matière à débat, car ce n'est point le procès qu'ils ont à juger. Mrs. Henderson?

Toute de noir vêtue, Joyce paraissait presque jolie tant on était captivé par son regard. Elle raconta, en parfaite maîtresse d'école habituée à parler pour être comprise, les angoisses de son mari à son retour d'Harrogate, ses remords, sa peur et comment il avait reconnu dans la photographie de Melvin Davis, publiée dans le journal l'écraseur l'ayant menacé. Elle dit encore pourquoi, n'ayant pu triompher des craintes de son mari, elle s'était décidée de se rendre au Yard où on l'avait dirigée sur le bureau de l'inspecteur Mortlocke. Puis les lettres de menaces à elle adressées, enfin le meurtre de son mari avant qu'elle-même n'ait été agressée. On l'écouta dans un silence total. Quand elle eut terminée, sir Benjamin s'enquit :

– Mrs. Henderson, concernant la culpabilité possible de Melvin Davis, vous n'avez pour en être assurée, que les dires de feu votre mari et la reconnaissance par ce dernier de la photographie de Davis dans le journal :

– Et aussi le témoignage de Benny Gilmon.

– Qui est Benny Gilmon?

– L'enfant qui a assisté au meurtre de mon mari.

Le silence de la salle, déjà sans faille, parut s'épaissir encore, McNamara hurla :

– Et comme par hasard, le jeune Gilmon se trouve aussi dans la salle?

– Non, maître...

Son élan une fois encore coupé, l'avocat se rassit en grommelant. Sir Benjamin, perplexe, semblait un peu dépassé par l'évènement.

– Indiscutablement, les faits rapportés sont graves, mais une fois encore, il ne nous appartient pas d'en débattre... Si tout ce qui nous est rapporté est exact, je suis sûr que la police de Sa Majesté a ouvert une enquête... et... vous désirez prendre la parole, Mr. Bolton?

Le superintendant, debout, répondit :

– S'il plaît à Votre Honneur.

– A quel sujet?

– Sur l'enquête à laquelle Votre Honneur vient de faire allusion.

– Pas d'objection de la part de la défense?

McNamara se contenta de hausser les épaules.

– Dans ces conditions, la Cour accepte de vous entendre, Mr. Bolton.

Le superintendant déposa avec calme.

– Il est vrai, Votre Honneur, qu'une enquête dont je suis chargé est en cours au sujet du meurtre de Larry Henderson. Il est vrai que les témoignages de Mrs. Henderson et du jeune Benny Gilmon ont été pris en considération par nos services, mais, jusqu'ici, aucune preuve n'a été apportée de la culpabilité réelle de Melvin Davis dans cette affaire. Nous poursuivons nos recherches.

– Vous n'êtes pas aussi affirmatif que l'inspecteur Mortlocke?

– Absolument pas.

Pour la première fois, McNamara poussa un soupir de satisfaction.

– Enfin!

Bolton se hâta d'ajouter.

– Je connais l'inspecteur Mortlocke depuis longtemps, et je me porte garant de sa sincérité. Cependant, dans notre métier, la conviction ne suffit pas.

La défense prit acte de ces paroles et en remercia le superintendant qui regagna sa place. Le juge affirma :

– Nous attendrons les résultats de l'enquête en cours. Jusque là, le jury voudra bien oublier tout ce qui a été dit au sujet du meurtre Henderson. Rien à ajouter. inspecteur Mortlocke?

– Rien, Votre Honneur.

– La Cour vous remercie.

Chris s'en fut, conscient qu'en dépit de l'intervention de Bolton, intervention qu'il prévoyait, il avait suffisamment impressionné le jury. Sir Benjamin annonça qu'on allait en revenir au procès dont on s'était trop longtemps écarté, mais il tint à souligner que cette diversion avait été déclenchée par la défense, puis il appela miss Barbara Cockburn.

Ce fut une Barbara au visage gonflé de larmes qui se présenta et dont la vulgarité ressortait plus encore quand on songeait à Mrs. Henderson qui l'avait précédée. A la mimique du juge, on comprit que c'était là un genre de femme qu'il ne pouvait souffrir. Très sec, il l'interrogea :

– Vous saviez que Melvin Davis était mariés?

– Oui, Votre Honneur.

– Et malgré cela, vous avez accepté de vous livrer à cette honteuse comédie, à cette profanation d'un des sacrements les plus respectables, les plus essentiels pour la vie d'une société?

– Ce n'était pas une comédie, Votre Honneur!

– Vraiment? Et qu'étais-ce donc d'après vous?

– Melvin et moi, nous nous aimions! La loi lui interdisait de se libérer des liens l'attachant à une folle, folle sans espoir de guérison!

Clarence May susurra :

– Le témoin serait-il docteur en médecine? En psychiatrie?

Barbara le regarda, surprise :

– Mais non, bien sûr!

L'avocat de la Couronne ne daigna pas s'adresser à elle, mais au juge.

– Alors, qu'est-ce qui lui permet, Votre Honneur, de décréter Mrs. Davis atteinte de démence incurable?

McNamara murmura assez haut pour être entendu :

– C'est malin!

– J'ignore si c'est malin comme le prétend mon

honorable confrère, mais en tout cas, c'est une question de bon sens.

– Parce que d'après vous, il faut être diplômé pour avoir des réactions élémentaires? Et si quelqu'un est assailli dans la rue, avant d'enregistrer sa plainte, les policemen lui demanderont s'il est licencié en droit? Miss Cockburn ne faisait que répéter l'opinion d'un psychiatre aussi connu et aussi respectable que le docteur Camphell, qui soigne Mrs. Davis.

Pour rompre la discussion, sir Benjamin remarqua que l'on était pas là pour juger le cas médical de Mrs. Davis.

– Ce que je retiens de votre déposition, miss Cockburn, c'est qu'en toute connaissance de cause, vous avez contracté un mariage truqué, trompant par là l'officier d'état civil, donc la Couronne, et l'Eglise!

– Nous voulions mener une existence honnête, Melvin et moi.

Clarence May se dressa, superbe.

– Il y a des mots que vous devriez avoir honte de prononcer, miss! Avec le dossier que vous possédez, on ne peut que sourire ou s'indigner de vous entendre parler d'honnêteté. Vous avez exercé toutes les professions, même les plus abjectes...

– De grâce... Je vous en prie...

– Quant à votre complice, il a suffisamment d'années de prison à son actif pour qu'on ne nourrisse aucune illusion sur son penchant à la vertu!

– Salaud!

Cette réplique de Melvin Davis déclencha un nouveau chahut que le juge maîtrisa à grands coups de maillet.

– Davis!... retirez immédiatement ce mot!

Mais l'avocat de la Couronne étendit une main apaisante.

– Je vous en prie, Votre Honneur, les insultes n'ont de valeur – si j'ose dire – que selon les lèvres qui les prononcent. L'opinion de Melvin Davis à mon égard m'est indifférente, ou alors je dirais qu'elle me flatte :

– Je rends hommage à la longanimité de maître Clarence May. L'incident est clos, mais je vous avertis. Davis, encore une incartade de genre et l'on vous jugera en votre absence!

L'émotion apaisée, McNamara prit la parole :

– Je regrette l'intempérance de langage de mon client, mais il n'est pas sorti d'Oxford comme l'avocat de la Couronne. Toutefois, je voudrais préciser que son indignation, trop grossièrement exprimée, s'explique et même se justifie. A quoi sert de se repentir si partout et toujours, on vous flanque votre passé à la figure? En se mariant, en ouvrant un commerce, Davis et miss Cockburn ont prouvé qu'ils entendaient repartir du bon pied sur un autre chemin...

Clarence May s'esclaffa :

– Et ils commencent leur existence nouvelle par une escroquerie au mariage? Je vous en prie, mon cher confrère, soyons sérieux!

– Il ne s'agit pas d'être sérieux, mais humain! J'ignore si le sens de ce mot est enseigné à Oxford!

– Soyez-en persuadé, mon cher, et de plus, on y enseigne la bonne éducation, ce qui ne semble pas être le cas partout à ce que j'en puis juger!

Après la déposition de Barbara Cockburn et le témoignage de Christopher Mortlocke, le procès perdit de son intérêt. Le public savait d'avance ce que dirait Clarence May dans son réquisitoire, et malgré toute sa rouerie, on se doutait bien que McNamara ne pourrait tenter autre chose que de jouer la corde sensible. Les deux avocats exécutèrent point par point ce programme, et après une courte délibération, par suite de ses antécédents, Melvin Davis récolta dix ans de prison. De l'avis unanime, cette lourde condamnation, agrémentée d'une grosse amende, était exagérée vu les circonstances quelque peu atténuantes de la folie de Mrs. Davis et de l'excellent traitement dont elle jouissait. On estima que le jury avait été impressionné par l'inspecteur Mortlocke et Joyce Henderson.

Au moment où il quittait Old Bailey, Mortlocke se heurta à Barbara Cockburn qui se contenta de lui dire :

– Tout est fini pour moi, inspecteur. Je tiendrais ma promesse.

Chris haussa les épaules. Il prit soin d'éviter Joyce pour que les journalistes ne les voient pas ensemble. De retour dans son bureau du Yard, il dissimula mal son étonnement en y rencontrant le superintendant Bolton qui l'y attendait.

– Excusez-moi, inspecteur, d'avoir envahi votre domaine, mais je tenais à connaître le verdict, car je n'ai pu rester jusqu'à la fin.

– Dix ans et cinq mille livres d'amende.

Richard siffla longuement entre ses dents.

– Le premier échec total de McNamara depuis longtemps... Votre opinion?

– Pas d'opinion.

– Toute votre attitude dément vos paroles... Vous ne parvenez pas à dissimuler votre joie, inspecteur!

– Et quand cela serait?

– Eh bien! je dirai que pour un acharné défenseur de la justice, vous vous réjouissez d'une injustice, puisque vous savez aussi bien que moi que ce verdict est d'une sévérité excessive.

– Pour tout autre que Melvin Davis, oui.

– Parce qu'à vos yeux, Davis n'est pas justiciable de la même justice que tous les citoyens britanniques?

– Ce n'est pas seulement son crime de bigamie qu'on a fait payer à Melvin Davis, mais un autre forfait...

– ... qui n'est pas prouvé!

– Pour vous peut-être!

– Justement, Mortlocke, voilà votre erreur. Il ne s'agit pas de faire de personnalité. Nos opinions respectives ne doivent pas entrer en ligne de compte! La loi est sans visage, vous semblez l'avoir oublié.

– Ma dépositioon a été sollicitée par l'avocat de la défense!

– Ce qui prouve que Davis n'avait pas mis McNamara au courant de vos accusations à son endroit.

– Je le comprends!

– Je n'en suis pas tellement sûr! Enfin, c'est affaire entre votre conscience et vous. Bonsoir, inspecteur.

– Bonsoir, sir.

A l'aube de ce samedi de la mi-mars, Chris Mortlocke se leva avec l'état d'esprit du général prêt à livrer bataille et qui est certain de la victoire. La maussaderie du temps ne parvint pas à jeter un voile sur l'humeur joyeuse de Chris. Il gagna le Yard en s'offrant une longue promenade à pied, et son visage souriant dut scandaliser les gens emmitouflés dans leurs manteaux, mais le policier ne sentait pas la froidure tant son cœur battait et le réchauffait. Ce soir, Joyce serait – en principe – Mrs. Mortlocke... Finies les longues veillées solitaires, terminés les repas pris à la sauvette avec les restes oubliés dans le frigorifique, achevés ces ennuis sans limites, désormais, Chris aurait toujours à ses côtés quelqu'un à qui il confierait toutes les idées que, jusqu'ici, il devait garder pour lui seul. Le danger que représentaient Barbara et ses complices ne l'effleurait même pas. Vraisemblablement, la fille avait déjà trouvé un consolateur et les autres voyous, des « jobs » qui les reconduiraient un jour ou l'autre, devant les juges du Royaume-Uni.

A midi, l'inspecteur s'offrit un repas de qualité dans le Strand et but une demi-bouteille de Bordeaux rouge qui augmenta encore son euphorie. N'étant pas de service au Yard jusqu'au lundi matin, il consulta les annonces des théâtres pour choisir le spectacle où il conduirait Joyce, afin de marquer cette soirée d'un souvenir supplémentaire. Une pièce légère ne lui parut pas de circonstance, et comme tous les Britanniques embarrassés, il se rejeta sur Shakespeare dont on donnait *Tout est bien qui finit bien* à l'Old Vic. Puis, il se mit à errer comme une âme en peine, ne voulant pas se présenter plus tôt que de coutume à son cher rendez-vous du samedi à Watford. Il avait encore près de trois heures devant lui. Il partit à pied dans la direction de Watford par Charing Cross, Oxford Street, Edgware Road et Kilburn Road. Vers quatre heures et demie, épuisé par sa longue marche, il prit un taxi. Emu comme un collégien à son premier rendez-vous, il descendit devant le petit jardin de Joyce, sûr d'être guetté par les voisines curieuses. Sa main tremblait un peu tandis qu'il appuyait le doigt sur la sonnette. Joyce lui ouvrit, fraîche et souriante. Il aurait tout donné pour pouvoir la prendre dans ses bras. Elle le conduisit au living-room où il eut la désagréable surprise de rencontrer Mrs. Gilmon et Benny. Il dut s'imposer un violent effort pour ne pas laisser paraître sa déception, mais il n'eut guère à se mêler à la conversation roulant, comme de bien entendu sur le procès de Melvin Davis. Mrs. Gilmon posait des questions et se chargeait des réponses, ce qui arrangeait tout le monde. La brave femme s'avouait intarissable. Elle se félicitait hautement du rôle qu'elle avait joué dans cette histoire par l'intermédiaire de son fils qu'elle considérait un peu comme un Ivanhoe en herbe. Avec Joyce Henderson et Mortlocke, elle se persuadait qu'elle composait le clan des vengeurs ayant triomphé des ruses de l'assassin. On mangea le cake préparé par la maîtresse de maison et on but le thé. Mortlocke attendait avec une impatience qu'il supportait de plus en plus difficilement à mesure que le temps s'écoulait, que Mrs. Gilmon se décide à partir, mais elle n'y semblait absolument pas résolue. Enfin, vers sept heures, elle poussa une sorte de cri où se mêlaient l'inquiétude et la confusion.

– Seigneur! Je n'ai pas pris garde à l'heure!... Ah! on ne s'ennuie pas chez vous, chère Mrs. Henderson! Et le repas de Benny! Si cet enfant ne mange pas à intervalles réguliers, je suis sûre qu'il ne dormira pas et qu'il aura le ventre dérangé!

Elle prit encore quelques minutes pour expliquer par le menu combien les ennuis physiologiques de son fils dépendaient d'horaires une fois pour toutes fixés et partit enfin dans un tumulte de remerciements, de protestations d'amitié et de félicitations pour la victoire obtenue en commun. Après son départ, le silence qui, brusquement, s'installa, avait quelque chose de gênant. Souriante, Joyce murmura :

– Chris, vous ne vous souciez guère de ma réputataion! Que pensera Mrs. Gilmon en constatant que vous demeurez ici après qu'elle nous eut quittés?

– D'abord, Mrs. Gilmon ne pense pas...

– Détrompez-vous! Sur ces questions-là, elle pense beaucoup au contraire! Je dirais même que c'est l'essentiel de ses pensées.

– Aucune importance, car j'espère bien que... mais écoutez-moi, je vous prie. Si je suis resté, au mépris du qu'en-dira-t-on, c'est que j'ai quelque chose de très important à vous confier.

– Ne croyez-vous pas qu'il est bien tard et que nous pourrions remettre à...

– Non, Joyce. Il y a assez longtemps que j'attends!

– Je préfèrerais tellement que vous ne parliez pas, Chris...

– Il le faut!

– Dans ces conditions... mais... mais c'est dommage...

Il y avait tant de jours que Chris ressasait le discours qu'il adresserait à Joyce, le moment venu, qu'il eut l'impression de réciter quelque chose appris par cœur.

– Du premier jour où vous êtes venue au Yard, je vous ai aimée... Je ne croyais plus que c'était possible en ce qui me concerne, et pourtant, il a suffi que vous entriez dans mon bureau pour que j'oublie toutes mes amertumes, tous mes griefs... Avant même que vous n'ayez ouvert la bouche, je savais que vous ne ressembliez pas aux autres et je suis devenu jaloux de votre mari que je ne connaissais pas encore... Dieu m'est témoin que je n'ai jamais souhaité la mort de Larry Henderson, mais une sorte de conviction s'ancrait en moi que vous m'appartiendriez un jour et qu'à vos côtés, je goûterais enfin ce bonheur dont j'ai été frustré jusqu'ici... Et puis, le malheur de Larry est arrivé... J'y ai vu un signe du destin. J'ai attendu que le temps fasse son œuvre et émousse votre chagrin... Maintenant, Joyce, je pense avoir le droit de vous dire que je vous aime... Me brouiller avec les autres ne m'a pas été tellement pénible, puisque ainsi, je pouvais me consacrer à vous seule. Vous n'ignorez pas mon titre, ce que je gagne... Joyce, acceptez-vous de devenir ma femme?

Elle ne répondit pas tout de suite. Chris mit ce silence sur le compte de l'émotion. Enfin, elle se décida. Il y avait des sanglots dans sa voix.

– Chris... j'aurais tellement préféré que vous ne me disiez rien...

– Cela signifie-t-il que?...

– Vous étiez mon meilleur ami, mon confident, celui en qui je mettais toute ma confiance...

– Eh bien?

– Je vous demande pardon, Chris... je... je ne vous aime pas.

Abasourdi, il répéta comme s'il ne comprenait pas le sens des mots entendus :

– Vous ne m'aimez pas... vous ne m'aimez pas... vous ne m'aimez pas...

– Enfin, pas de la façon que vous souhaiteriez...
– Pourtant, Joyce, vous aviez bien deviné que?...
– Oui... et j'aurais dû tout de suite vous mettre en garde contre un penchant auquel je ne pouvais répondre. Souvenez-vous, j'ai tenté à plusieurs reprises de le faire, mais vous ne m'écoutiez pas, et puis...
– Et puis?
– Et puis, j'ai été lâche... Je craignais que vous ne m'abandonniez, et je ne voudrais pas vous perdre, Chris...
Il eut un pauvre sourire.
– Je... je ne pense pas que ce soit possible, Joyce... Je ne me suis jamais vu dans le rôle d'ami auprès de vous.
Il regardait autour de lui, pareil au condamné à mort qui, avant d'aller au gibet, contemple le décor qui l'entoure et qu'il ne reverra plus jamais. Il dit doucement :
– Je me plaisais bien ici...
Elle était au bord des larmes. Elle posa sa main sur celle de l'inspecteur.
– Vous n'êtes plus mon ami, Chris?
Il répondit mollement :
– Si... si... Il faudrait que je m'en aille, mais... mais je n'ai pas encore récupéré... j'ai fait une longue, longue marche cet après-midi en attendant le moment de vous rejoindre... Il me semblait que j'aurais marché jusqu'au bout de la terre... Je ne sentais pas la fatigue, à présent, elle m'écrase.
– Mon pauvre Chris...
– J'étais tellement certain... je pensais vous emmener au théâtre ce soir pour... pour fêter nos fiançailles... à l'Old Vic. On y joue *Tout est bien qui finit bien...* Drôle, n'est-ce pas?
– Ne soyez pas amer, Chris...
– Vous m'excuserez, mais je n'ai pas le courage de plaisanter.
– Je ne serai jamais heureuse si je vous sais malheureux par ma faute...

— Nous n'y pouvons plus rien, ni vous, ni moi... Que ces samedis vont me paraître longs, désormais...

Il ricana :

— Comme tout ça est étrange... Avant de vous rencontrer je ne connaissais pratiquement pas Watford et depuis que je venais vous y retrouver, Watford me paraissait le plus bel endroit du monde. Et de nouveau, Watford va disparaître de mon horizon... Les pays sont comme les gens. Ils apparaissent et s'effacent de votre existence sans qu'on sache trop ni pourquoi ni comment.

— Chris... je quitte Watford.

— Vraiment?

— A la fin de la semaine prochaine.

— Et vous ne m'aviez pas averti?

— Je n'osais pas.

— Vous avez dû me prendre pour un fameux imbécile!

— Ne dites pas cela! Je vous ai toujours considéré comme le meilleur garçon que j'aie eu la chance de rencontrer sur ma route à une heure difficile... Vous m'oublierez sans doute, et vous aurez raison, mais, moi, Chris, je ne vous oublierai pas.

— Même si ce n'est pas vrai, je vous remercie de cette assurance. Puis-je demander où vous allez?

— Je retourne chez moi, à Doncaster.

— Mais... je croyais que vous n'y aviez plus personne?

Elle rougit.

— C'était exact jusqu'au... enfin, jusqu'au mois dernier.

— Je ne saisis pas?

— Je crains de vous infliger une nouvelle peine...

— Au point où j'en suis...

— Je me rappelle vous avoir confié que, dans ma jeunesse, j'avais été fort éprise de mon cousin Tom Donnelly...

– ... parti courir les aventures, en effet, je me souviens.

– Il est revenu.

– Ah!...

– Il habite de nouveau Doncaster et il semble qu'il ait pas mal réussi.

– C'est... lui que vous allez rejoindre?

– Là-bas, il a su ce qui était arrivé à mon mari... Il m'a écrit pour me dire combien il prenait part à ma peine et qu'il ne m'avait pas oubliée... que si je ne lui gardais pas une trop grande rancune, peut-être pourrions-nous... enfin...

– Vous marier?

– Oui.

– Eh bien! après cette bonne nouvelle, il ne me reste plus qu'à vous adresser mes vœux de bonheur... Mrs. Henderson.

– Vous ne m'appelez plus... Joyce?

– Il ne me semble pas que Mr. Donnely goûterait une familiarité ne reposant sur rien...

– Chris... je suis profondément désolée... et votre peine pèsera lourdement sur mon avenir immédiat.

– N'exagérons rien...

Il se leva.

– Adieu, Mrs. Henderson... Merci quand même pour les moments heureux que j'ai vécus ici... en dépit de tout, ce me sera un bon souvenir.

Elle le raccompagna à la porte. Au moment où il mettait la main sur la poignée, elle demanda :

– Chris... voulez-vous m'embrasser?

Il hésita avant de secouer la tête.

– Je pense qu'il vaut mieux pas, Mrs. Henderson. Adieu.

– Adieu, Chris, et... merci pour tout.

Sorti du métro à Kensington Olympia, Chris, les mains dans les poches, ne prêtant attention à rien, ni à personne, s'enfonça dans les rues d'Hammersmith. Il marchait, perdu dans son rêve dont il ne restait plus grand-chose, sinon l'amitié offerte et refusée. Il n'était pas sûr d'en vouloir à Joyce. Peut-être lui avait-elle montré trop de gentillesse? Peut-être aurait-elle dû se montrer plus distante, mais honnêtement, il s'avouait que rien en elle jamais ne lui avait laissé entendre qu'elle partageait sa tendresse. Seul, il s'était monté la tête, découvrant dans les gestes de celle qu'il aimait non ce qui s'y trouvait, mais ce qu'il désirait y trouver. Une crispation de rage le secoua à l'idée que mis au courant, Bolton et les autres ricaneraient. Joyce Henderson ne l'aimait pas, bon eh bien! elle ne l'aimait pas, et puis après? Cela enlevait-il quoi que ce soit à la culpabilité de Davis?

Le superintendant Bolton ayant déclaré au procès qu'il poursuivait l'enquête sur le meurtre de Larry Henderson, il s'avérait obligatoire qu'il appprît le départ de Joyce et sans doute, son futur mariage. Chris résolut de prendre les devants pour éviter les chuchotements et les mines ironiques ou apitoyées sur son passage. Il demanda à parler à Richard qui le reçut presque aussitôt.

– Vous désirez m'entretenir de quelque chose, inspecteur?

– Avec votre permission, sir.

– Question de service?

– Par un certain côté, oui.

– Je vous écoute.

– Mrs. Henderson quitte définitivement Watford.

– Ah?... pour se rendre où?

– Dans sa ville natale, Doncaster.

– Mais, je pensais que...

– Que je l'aimais? Parfaitement, sir, je l'aimais, seulement, elle ne m'aimait pas.

– Vous le savez depuis longtemps?

– Depuis que je l'ai priée de m'accorder sa main... hier soir.

Emu par cette détresse qu'il devinait en dépit de l'air compassé de son interlocuteur, Bolton se sentait repris par son amitié d'autrefois et ne voyant trop quoi dire, tout en n'osant pas rompre sèchement l'entretien, il s'enquit :

– Mais... sa profession d'institutrice?

– Elle ne m'a pas donné de détails, sir. J'imagine cependant qu'elle l'abandonnera, car elle doit se marier avec son cousin qu'elle a aimé dans sa jeunesse, mais auquel elle avait dû renoncer car il était parti courir le monde. Il semble qu'il en soit revenu fortune faite. Ayant appris la mort de Larry Henderson, il a écrit à sa cousine pour lui demander si elle accepterait de reprendre leurs projets anciens. Elle a accepté.

– Comment s'appelle ce garçon?

– Tom Donnelly, sir.

Le superintendant, oubliant sa rancune, dit presque malgré lui :

– Je vous plains, Chris.

– Tout est de ma faute, sir. Je me suis raconté des histoires auxquelles j'ai cru. Cela prouve qu'à tout âge, on aime les contes de fées.

Et pour éviter tout attendrissement, il spécifia :

– ... mais tout cela n'enlève rien à mon opinion quand à la culpabilité de Melvin Davis que je tiens toujours pour le meurtrier de Larry Henderson et je souhaite ardemment que vous puissiez bientôt en apporter la preuve devant un jury.

– Comptez sur moi, inspecteur, pour tenter l'impossible afin que le meurtrier de Larry Henderson ne demeure pas impuni.

En rentrant chez lui, Richard n'attendit pas de s'être débarrassé de son manteau et de son chapeau pour mettre Janet au courant de la mésaventure sentimentale de Chris. Mais la jeune femme ne réagit pas du tout comme son mari.

– C'est évidemment assez fâcheux pour Mortlocke, mais le connaissant comme je le connais maintenant, je suis heureuse pour Mrs. Henderson qu'elle n'ait pas jugé bon de le prendre pour époux.

Tout en ôtant ses chaussures et en glissant ses pieds fatigués dans ses pantoufles, Richard Bolton pensait que les femmes – qu'elles s'appellent Joyce Henderson ou Janet Bolton – sont beaucoup plus impitoyables que les hommes.

CHAPITRE VII

Le printemps passa et, au début de l'été, Mortlocke reçut une carte de Doncaster où Joyce lui annonçait son mariage pour les premiers jours de septembre. Elle l'y invitait, disant qu'elle saurait qu'il ne lui gardait pas rancune selon qu'il serait présent ou non à la cérémonie. Chris haussa les épaules et cacha cette lettre dans son portefeuille, bien décidé à ne pas y répondre. Il en voulait même à Joyce de lui avoir écrit, car elle ravivait un chagrin qu'il essayait d'endormir dans la monotonie de tâches utiles, mais sans gloire. En dehors du bureau, il s'efforçait de se passionner pour le criket dont il suivait attentivement les matchs, mais il ne parvenait pas à se duper complètement.

Son bar fermé d'abord, vendu ensuite, Davis passait des jours mornes dans la prison où il purgeait sa peine. Mortlocke n'avait jamais eu de nouvelles de Barbara. Toutes les mêmes... bavardes et incapables d'obéir à autre chose qu'à leurs nerfs.

Le 28 juillet – une journée éclatante de soleil – à peine Chris prenait-il place à son bureau qu'un coup de téléphone le jetait tout de suite dans le travail.

– Inspecteur Mortlocke.

– Ici Bolton. Pouvez-vous venir jusque chez moi?

– Tout de suite?

– Tout de suite.

— J'arrive.

Chris n'avait pas eu l'occasion de reparler au superintendant depuis sa rupture avec Joyce.

— Asseyez-vous, Mortlocke... J'ai là quelque chose qui doit vous intéresser.

— A quel propos, sir?

— A propos de ce double écrasement d'une femme et de son gosse à Harrogate.

— A-t-on retrouvé le chauffard, sir?

— Sa voiture en tout cas... Un garagiste a signalé à l'un de nos agents qu'il venait d'acheter une Hillman verte à un client. S'apprêtant à la remettre en état, il s'aperçut que la calandre et le garde-boue avaient été grossièrement réparés à la suite d'un choc violent. En démontant le radiateur et le capot, il a déniché une touffe de cheveux blonds coincée dans un écrou. Nos laboratoires ont décrété qu'il s'agissait de cheveux de jeune femme. Notre agent s'est souvenu alors de nos recherches concernant une Hillman, et il nous a expédié cette mince touffe de cheveux. J'ai envoyé quelqu'un chez Mr. Sharp, mari et père des victimes. Notre chance a voulu que cet époux endeuillé ait gardé une mèche de cheveux de sa femme Marjorie. Il nous l'a confiée. Nos experts sont formels : les cheveux que je leur ai remis et ceux que détient Mr. Sharp appartiennent à la même personne. J'ai reçu les résultats du laboratoire hier soir, juste au moment où je quittais mon bureau. J'ai tenu à vous en avertir, n'oubliant pas combien vous aviez pris cette affaire à cœur.

— Je vous en remercie, sir. Mais à qui appartient cette Hillman?

— C'est ce que nous allons savoir. J'ai averti Bowen, vous venez avec moi à Aylesbury rendre visite au garagiste.

Par Harrow, Rockmansworth, Wendover, les deux hommes du Yard couvrirent la distance de Londres à Aylesbury — quarante et un miles — en un tout petit peu plus d'une heure, parce que même un superintendant doit se conformer aux impératifs catégoriques de la police de la route. Le garagiste ne fit aucune difficulté pour leur montrer son acquisition et leur indiquer la place exacte où il avait trouvé la touffe de cheveux. Il combla leurs vœux en leur apprenant que cette voiture venait d'un certain Jef Hood, représentant de commerce, et domicilié à Newport Pagnell, à vingt-quatre miles d'Aylesbury, dans le Bedfordshire. Mortlocke et Bolton découvrirent le nommé Hood chez lui où le retenait une entorse. Il convint qu'il s'était débarrassé de l'Hillman pour une voiture plus vaste où il casait plus facilement ses valises d'échantillons. Quant à l'Hillman, il se l'était procurée chez Bruce et Campbell, garagiste à Nottingham. Encore soixante-treize miles à parcourir, mais un bon chasseur lancé sur la trace du gibier ne s'arrête pas en chemin. Vers midi, le superintendant et l'inspecteur entraient dans la capitale du Nottinghamshire. Campbell ainsi qu'il en avait l'habitude, chaque jour à la même heure, buvait son verre de stout au *Marin Boiteux.* Les policiers se présentèrent au garagiste dont un autre verre de stout délia la langue. Il se souvenait fort bien de cette Hillman, mais il n'avait pas en mémoire le nom du vendeur. Il fallait, pour le retrouver, retourner au garage afin d'y consulter son registre des achats. Ils s'y rendirent et presque tout de suite, Campbell trouva le nom que les enquêteurs cherchaient : Larry Henderson, de Watford.

Malgré leur surprise, ils ne laissèrent rien paraître de leur émotion et quittèrent Campbell pour aller manger un sandwich. Ni l'un ni l'autre des policiers n'osaient aborder le sujet. Pourtant, lorsqu'on leur eut servi un café, Richard demanda :

– J'aimerais connaître votre opinion, Mortlocke?

– Je crains de ne pas en avoir, sir. Je ne comprends plus...

– Pour moi, je pense que nous avons tous été roulés.

– Tous?

– Mrs. Henderson, vous et moi, sans compter le sergent Bradley de Watford et, en bref, tous ceux qui se sont occupés de cette histoire!

– Mais, roulés par qui?

– Par Larry Henderson. Je ne vous cache pas que lorsque le garagiste nous a lu ce nom, tout à l'heure, j'ai reçu un choc. Je m'attendais à tout, sauf à ce nom-là. A mon idée, voilà comment les choses se sont passées. Revenant de sa tournée, Henderson roule vite. Est-ce sa faute, est-ce celle de cette malheureuse femme? Toujours est-il qu'il l'écrase ainsi que son bébé. Il s'arrête, sans doute complètement hébété. Rappelez-vous ce que sa femme vous a appris être le trait dominant de son caractère : la peur des responsabilités, et devant quelle effrayante responsabilité il se trouve soudain! Alors, il perd la tête et se sauve. J'imagine qu'il prend les chemins détournés, lave soigneusement sa voiture en pleine campagne et s'en va faire réparer sa calandre et son pare-chocs peut-être du côté de Cambridge, enfin le plus loin possible et d'Harrogate et de Watford. Voilà qui explique son inhabituel retard ce samedi-là, retard que sa femme vous a souligné. Larry est un malade et non un mauvais homme. Ce double meurtre involontaire le ronge intérieurement. D'où son humeur de plus en plus difficile. Il ne supporte plus qu'on parle d'accident de voiture en sa présence. Lorsque vous le rencontrez, vous mettez son émotion sur le compte de la crainte que lui inspire Davis, alors qu'en réalité, il redoute de vous entendre poser des questions embarrassantes. Bientôt, il n'aura plus le courage de monter dans son Hillman qui est, en somme, la matérialisation de son crime. Je suppose que chaque fois qu'il prend place au volant, il revoit la femme et le bébé étendus sur la route. Il vend sa voiture et tout peut-être se serait terminé là, si Mrs. Henderson n'avait harcelé son mari pour essayer de connaître les raisons du trouble qui l'agite. La vente de la voiture a dû la surprendre, car elle sait que, privé de son auto, Larry ne pourra plus voir le même nombre de clients, qu'il sera soumis aux horaires stricts des chemins de fer, que ses entretiens seront minutés, en bref, que l'exercice de son métier lui sera rendu plus difficile. Sans doute Larry, s'appuyant sur le drame qui s'est produit à Harrogate, affirmera-t-il à Joyce qu'il a peur sur les routes. Elle essaie de le raisonner, de le persuader qu'il ne doit pas se laisser impressionner par les drames de la circulation qui ont lieu quotidiennement, qu'il est assez bon conducteur pour ne pas redouter une pareille éventualité, qu'il ne peut pas accroître ses fatigues en se privant de voiture, etc, etc.

– Mais à quel moment apparaît Melvin Davis dans cette hypothèse?

– Justement, Mortlocke, il n'apparaît pas, du moins en chair et en os... et seul Larry Henderson aurait pu nous dire à quel instant lui est venue l'idée de parler de Davis à sa femme.

– Mais, pourquoi Davis, justement?

– Le hasard... Evidemment, nous en sommes réduits aux conjectures, mais je pense, à quelques détails près, ne pas être très loin de la vérité. Larry Henderson n'a aucun argument raisonnable à opposer à son épouse, alors pour se débarrasser de ses questions gênantes, il lui avoue qu'il a presque assisté à l'accident d'Harrogate en arrivant sur les lieux alors que l'écraseur était encore là. Joyce lui demande des éclaircissements, des précisions et veut qu'il se rende à la police pour dépeindre le tueur. Du coup, voilà notre Henderson coincé, et pour sortir de ce nouveau piège se refermant sur lui, il invente les menaces dont il a été l'objet. Dès lors, Mrs. Henderson accepte le point de vue de son mari. Puis, la première émotion passée, elle réfléchit et un peu plus tard, fait remarquer à son époux que l'écraseur ne doit pas savoir qui il est, pas plus qu'Henderson ne le connaît et par conséquent, qu'il n'a pas à prendre ses menaces au sérieux. De nouveau, elle le pousse à rendre visite aux policiers. Or, ce jour-là, le quotidien auquel les Henderson sont abonnés publie la photographie de Melvin Davis, et, pris de court, Henderson feint de reconnaître le visage de l'homme qui l'a menacé. A son tour, Joyce se met à avoir peur, et parce qu'elle se peint Davis sous des couleurs encore plus sombres que celles méritées par le truand repenti, elle vient au Yard. La suite, nous la connaissons, vous et moi.

– En admettant que vous ayez vu juste, sir, pourquoi abat-on Larry Henderson et pourquoi est-ce Davis qui juge bon de l'éliminer?

– C'est là le point le plus obscur de cette histoire... Je ne distingue pas, pour le moment, à quelle occasion se nouent les rapports entre Davis et Henderson. Vous avouerez qu'il est difficilement acceptable que Davis puisse tuer Henderson sous prétexte que sa femme va au Yard porter contre lui une accusation qui ne tient pas? Puisque maintenant, nous savons que c'est Larry qui a écrasé la femme et son bébé...

– Alors, Sir, ne pourrait-on renverser les données du problème?

– Qu'entendez-vous par là?

– Henderson ne semblait pas avoir tellement d'imagination et, partant de là, j'admets l'hypothèse que tout ce qu'il a raconté sur l'accident d'Harrogate est vrai sauf...

– Sauf?

– Sauf qu'il a interverti les rôles : c'est lui qui a tué et c'est Davis qui a été témoin, et Davis entend monnayer son silence.

– D'où chantage?

– D'où chantage et la photo de Davis sur le journal pousse Larry à confier une partie de la vérité à Joyce. Cette explication élimine le côté hasard de cette photo paraissant juste le jour où on en a besoin.

– Bravo, Mortlocke! Je suis presque sûr que vous y êtes et votre raisonnement a le mérite d'expliquer le meurtre d'Henderson. Davis et sa bande en voyant Joyce se rendre au Yard au lieu du bureau de police de Watford, pense tout de suite qu'elle va dénoncer le chantage. Melvin sait qu'une accusation de cette sorte contre lui, si elle est démontrée, le fera retourner pour longtemps en prison, il s'affole et c'est le drame. Je pense que nous arrivons à la solution, inspecteur, et ainsi, selon vos vœux, Davis sera pendu.

– La seule chose qui me gêne, c'est qu'Henderson n'ait pas eu peur... mais que je suis sot, il n'était pas au courant des démarches de sa femme qui, de surcroît, ne lui a pas montré les lettres de menace qu'on lui adressait...

– ... et donc, Davis était fondé à penser que le mari et la femme agissaient en plein accord, qu'Henderson avait accepté de reconnaître le cas échéant sa culpabilité dans l'accident...

– Pourquoi?

– Parce que les sommes exigées par Davis dépassaient de beaucoup sans doute ce que Larry – couvert d'autre part par son assurance – aurait dû payer...

– Mais les juges l'auraient envoyé en prison!

– N'oubliez pas qu'il avait déjà été prisonnier, et d'après son caractère, la prison devait lui être moins pénible qu'à un autre, puisque là on ne vous demande que d'obéir. Je suppose qu'en vertu de ses antécédents, les juges auraient admis le côté pathologique de sa panique... Notez que j'imagine le raisonnement de Davis, non celui d'Henderson, puisque ce dernier ignorait tout de la décision de sa femme et de la réaction de Melvin...

Ils burent leur café froid, et, au moment de se lever de table, Bolton remarqua :

– N'est-ce pas lamentable, Mortlocke, de penser qu'en voulant remplir son devoir de citoyenne, Joyce

Henderson a, sans s'en douter le moins du monde, tué son mari?

– C'est ce à quoi je réfléchissais, sir... Il ne faut surtout pas qu'elle le soupçonne jamais!

– Comptez sur moi... Et maintenant, si vous vous sentez le courage de rencontrer Mrs. Henderson, nous allons pousser jusqu'à Doncaster.

– Si vous pouviez me dispenser de...

– Entendu, Mortlocke, vous m'attendrez quelque part pendant que j'irai interroger Joyce Henderson.

La police de Doncaster donna l'adresse dc Joyce Henderson au superintendant. La veuve habitait la maison héritée de ses parents dans Firbeck Road tout près d'Elmfield Park ou Mortlocke s'assit sur un banc tandis que Bolton s'en allait rendre visite à Joyce. Ce fut elle qui répondit à son coup de sonnette. Elle ne le reconnut pas immédiatement.

– Superintendant Bolton de Scotland Yard...

– Ah! oui... Excusez-moi, mais j'étais tellement loin de...

– Je m'en doute. Puis-je vous entretenir quelques instants, Mrs. Henderson?

– Mais bien volontiers.

Elle l'introduisit dans une petite pièce confortable et gaie. Richard attaqua tout de suite :

– Mrs. Henderson... Nous avons découvert l'auteur de l'accident auquel votre mari vous a assuré avoir assisté.

– Ah! tant mieux!

– Il ne s'agissait pas du tout de Melvin Davis, comme nous l'imaginions, mais de votre mari lui-même.

– Qu'est-ce que vous dites?

– Hélas, oui, madame... C'est la voiture de Larry Henderson qui a écrasé cette malheureuse et son enfant.

– Ce n'est pas... possible!... Pas croyable!...

Voyons Larry me l'aurait avoué au lieu de me raconter cette histoire absurde de témoin!

— Il ne mentait pas complètement.

— Je ne comprends pas?

— Nous pensons, au Yard, que les choses se sont bien déroulées comme vous l'a expliqué votre époux, mais qu'il a interverti les rôles. C'est lui l'écraseur, et c'est Davis le témoin, un témoin qui vraisemblablement, s'est mis à le faire chanter.

— Vous voulez dire qu'il obligeait Larry à lui remettre de l'argent?

— Exactement.

— C'est donc ça...

— A mon tour, madame, de vous demander le fond de votre pensée?

— Mon mari ne m'a pas remis le montant de sa paye cette semaine-là, comme il en avait l'habitude depuis toujours... prétextant que les affaires étaient moins bonnes... et puis les semaines qui suivirent, il en fut de même...

— Ne serait-ce pas pour cette raison qu'il a vendu sa voiture?

— Après ce que vous m'avez appris, je suis fondée à le penser.

— Tout confirme donc notre hypothèse et Davis l'aura tué parce qu'il craignait qu'Henderson préfère tout avouer à la police plutôt que de céder à un chantage dont il ne se débarrasserait jamais.

— Je suis certaine que Larry aurait payé toute sa vie...

Elle se tut comme si une idée lui traversait brusquement l'esprit.

— Mais... mais... si je n'étais pas allée au Yard... Davis ne se serait pas figuré... et Larry?...

— Ne vous tourmentez pas, Mrs. Henderson, un jour ou l'autre, il aurait fallu que ça craque, car Davis se serait montré de plus en plus exigeant.

Elle ne l'écoutait plus et comme dans un rêve, elle répétait inlassablement :

— Larry est mort à cause de moi... Larry est mort à cause de moi... Larry est mort à cause de moi...

Bolton s'avouait bien ennuyé lorsqu'un grand bel homme entra dans la pièce. Son pardessus et son chapeau indiquaient qu'il arrivait de l'extérieur.

— Oh! pardon, j'ignorais que vous aviez de la visite, Joyce...

La jeune femme, arrachée à sa torpeur, se jeta sanglotante contre la poitrine du nouveau venu.

— Oh! Tom!... Tom! c'est affreux...

Le superintendant comprit qu'il se trouvait en présence du fiancé et il nota que ce devait être un garçon fort soigneux car il le vit retirer les lunettes de soleil qu'il portait dans la poche de son gilet pour les poser sur la table, de crainte que sa fiancée ne les brise au cours de l'espèce de crise nerveuse qu'elle piquait. Tom passa la main sur les cheveux de Joyce.

— Là... là... calmez-vous, mon petit. Mais, Seigneur, que se passe-t-il?

— Oh! Tom, c'est moi qui ai tué Larry!

— Vous êtes folle ou quoi?

Mrs. Henderson se tourna vers Bolton.

— Racontez-lui s'il vous plaît... je... je n'ai pas le courage. Tom, c'est le superintendant Bolton de Scotland Yard... Voici Tom Donnelly avec qui je dois me marier.

Le policier exposa à Donnelly les vues nouvelles du Yard sur l'accident d'Harrogate, sur la mort de Larry Henderson, et aussi les scrupules de Mrs. Henderson et pourquoi, tôt ou tard, on aurait dû en venir où les choses en étaient arrivées. Tom écouta attentivement le récit du superintendant, et l'approuva quant à ses conclusions. Il caressa de nouveau la tête de Joyce.

— Il est bien évident, *darling,* que vous ne devez pas vous imaginer responsable de la mort de Larry... il a été le premier coupable et comme vous l'assure le superintendant, vous étiez contraints, un jour ou l'autre, ou d'admettre votre ruine à tous deux, ou de prendre vos risques... Mais dites-moi, sir, Joyce ne peut-elle être tenue de payer pour son mari?

– Je ne pense pas. L'assurance règle les indemnités dues à Mr. Sharp. Quant au châtiment qu'encourait Mr. Henderson du point de vue pénal, la mort du fautif éteint l'action de la justice.

Donnelly respira largement, délivré.

– En tout cas, sir, j'espère que le Yard va arrêter Davis et...

– Davis sera sans doute pendu, Mr. Donnelly, pour meurtre sur la personne de Larry Henderson. A moins qu'il n'ait agi par personne interposée... Même dans ce cas, il peut être condamné au gibet pour complicité... Avec beaucoup de chance, il finira ses jours en prison. Merci de m'avoir recu, Mrs. Henderson.

Elle le raccompagna. Au passage, machinalement, il prit les lunettes posées sur la table. Mrs. Henderson, en souriant, remarqua :

– Ce sont les miennes, superintendant; je vois les vôtres qui sortent de votre poche.

– C'est vrai! Jugez un peu : le superintendant de Scotland Yard kleptomane!

Il la quitta, rassérénée par sa plaisanterie.

Bolton fit à Chris un récit succinct de son entrevue avec Mrs. Henderson.

– Maintenant, Mortlocke, il ne nous reste plus qu'à vérifier le compte en banque de Larry Henderson pour nous rendre compte des ponctions qu'il y a effectuées. J'en chargerai Hadden, il n'a pas son pareil pour fouiner dans les chiffres.

Quelques jours plus tard, Chris croisa l'inspecteur Hadden dans le couloir, passant devant sa porte. Pat Hadden appartenait à cette catégorie de vieux policiers dévoués, courageux, connaissant admirablement la routine de leur métier, mais incapables d'une idée originale ou d'une initiative paraissant contraire au règlement. Il était un des rares qui appréciaient le goût au travail de Mortlocke et qui regrettait son départ de l'équipe du superintendant Bolton.

– Hello, Chris!

– Hello, Pat!... pas encore parti en vacances?

– Nous filons cet après-midi, Marjorie et moi... La fille et les gosses nous rejoindront dans une quinzaine. Un mois à jouer les rentiers au bord de la mer!

– Je vous croyais déjà en train d'imiter les tritons à Aldeburgh?

– C'est vrai, je suis en retard de près d'une semaine, et Marjorie ne cesse de grogner, mais il fallait que je débrouille cette histoire de comptes en banque que m'a confiée le super... Vous savez, à propos du meurtre de Larry Henderson?

– Oui, oui... Alors? Vous avez repéré la trace de ponctions régulières dans le compte d'Henderson pour payer le maître chanteur?

– Non.

– Non?

– Pas l'ombre d'une variation! La belle régularité d'un compte honnête aux flux et reflux se produisant à dates fixes, aux entrées et sorties s'équilibrant parfaitement...

Hadden eut un soupir attendri :

– ... Ah! Mortlocke, plus que n'importe quelle autre activité, le compte en banque est le miroir de l'âme! Rien qu'à étudier les opérations réalisées par un homme et une femme pendant quelques années, je suis capable de vous brosser son portrait psychologique sans crainte de me tromper!

– Mais enfin, où Henderson prenait-il l'argent pour payer Davis?

– Je ne sais pas, mon vieux... et par-dessus le marché, je m'en fiche. Pas mon boulot! Moi, ce sont les chiffres... et tenez, cela réserve toujours des surprises! Vous seriez-vous douté que Mrs. Henderson possédait, elle aussi, un compte en banque pas plus fourni que celui de son mari, avec les apports constants de son mince traitement d'institutrice? Mais, chose curieuse, ce compte s'est gonflé d'un coup vers la fin mai pour se redégonfler dans les mêmes proportions, et tout aussi rapidement, quinze jours plus tard? On a l'impression d'un dépôt reçu et rendu.

– Important?

– Plusieurs milliers de livres.

– Ça par exemple!... et qu'en dit Bolton?

Hadden se pencha vers Mortlocke pour lui chuchoter malicieusement :

– C'est moi qui vais au bord de la mer, mais pour le moment c'est lui qui nage!

L'inspecteur Hadden se trompait et quelques instants plus tard, revenant dans le bureau de Mortlocke, il confessait amer :

– Je ne pars pas encore aujourd'hui en vacances. Bolton m'emmène à Watford pour ces histoires de compte en banque et de là, en route pour Doncaster. Et vous appelez ça une existence?

Surpris que le superintendant ne l'ait pas appelé pour le mettre au courant du nouveau tournant pris par son enquête, Chris fut tiré de ses réflexions inquiètes par un appel téléphonique. Une voix de femme demanda :

– C'est bien à l'inspecteur Mortlocke que je parle?

– Lui-même.

– Ici, Barbara Davis.

– Barbara Cockburn, voulez-vous dire?

– Non, Barbara Davis, inspecteur, car c'est en tant que Barbara Davis que je tiendrai ma promesse que seule une dépression nerveuse m'a empêchée de tenir jusqu'ici. Je suis revenue à Londres pour vous tuer, inspecteur.

– Toujours votre marotte?
– Toujours.
– Si vous désirez finir en prison ou au bout d'une corde, c'est votre affaire!
– Justement, inspecteur, c'est mon affaire. A bientôt!
Mortlocke entendit le déclic mettant fin à la conversation. Il haussa les épaules. Quand on a l'intention de tuer quelqu'un, on ne l'annonce pas à tous les échos. Cette fille s'imaginait peut-être l'affoler... l'imbécile!

A Watford, guidé par Hadden et le directeur de la banque, le superintendant étudia ces comptes qui l'intriguaient. Effectivement, il n'apparaissait pas qu'Henderson ait effectué des ponctions pour céder au chantage de Davis, alors pour quelles raisons laissait-il croire à sa femme que ses affaires marchaient moins bien? Pourquoi ne lui remettait-il pas chaque mois la somme qu'il avait l'habitude de lui donner? A ces questions, seul Henderson eût pu répondre... Bolton constata, effectivement, qu'en mai, Joyce avait versé la somme de cinq mille deux cents livres à son compte, somme énorme dont le policier désirait connaître la source et au cours de ce même mois, cet argent avait été retiré. Dans quel but? Le plus simple était encore d'aller le demander à Mrs. Henderson.

Hadden, furieux d'être obligé de retarder son départ en vacances, n'ouvrit pas la bouche durant tout le parcours, sauf pour maugréer qu'il avait oublié ses lunettes et que le soleil aveuglant lui flanquait mal à la tête. Ce mot de lunettes remit en mémoire la courte scène ayant eu lieu chez Mrs. Henderson. Pourquoi avait-elle dit que les lunettes lui appartenaient puisque Bolton avait vu Donnelly les poser sur la table? Et brusquement, le superintendant se demanda si la solution du problème n'était pas ailleurs que là où Mortlocke et lui la cherchaient depuis un an. Il tapa familièrement sur l'épaule de Hadden :

– Savez-vous que vous êtes un sacré bon policier, Peter?

Ledit Peter ne comprenant absolument pas à quoi se rapportait cette remarque aimable ne répondit pas.

Lorsque les deux hommes arrivèrent à Doncaster, Hadden s'enquit :

– Et maintenant, où va-t-on?

– Visiter les banques.

– Seigneur! Toutes?

– J'espère que non.

Ce n'est que dans la quatrième banque – la Beverley's dans Wood Street – où ils entrèrent, que les policiers découvrirent ce qu'ils cherchaient : le compte de Tom Donnelly, et il ne fallut pas longtemps à Hadden pour découvrir que le retrait de cinq mille deux cents livres effectué par Mrs. Henderson avait été suivi à quarante-huit heures d'un versement de cinq mille livres de Donnelly à son propre compte. En mai 1961, Donnelly se trouvait donc à Doncaster et non pas en Amérique comme l'avait assuré Mrs. Henderson. Pourquoi ce mensonge? Peut-être parce que le nommé Tom était déjà en Angleterre au moment de l'accident d'Henderson? Et poursuivant son raisonnement, Bolton en arrivait à se demander si ce n'était pas Donnelly qui faisait chanter Larry? Par respect pour l'amour de sa jeunesse, Joyce n'aurait pas voulu le dénoncer... mais, dans ce cas, à quoi rimait sa démarche au Yard et ses accusations contre Davis? Le superintendant repensa à l'incident des lunettes... Serait-il possible que?... Brutalement, il décida de jouer le tout pour le tout et, ayant appris l'adresse de Donnelly dans Somerset Road, il empoigna le bras de Hadden :

– Nous allons jouer le grand jeu, Peter. N'ayez

pas l'air étonné quoi que vous puissiez m'entendre dire et si vous estimez que je deviens fou, gardez votre opinion pour vous, compris?

— Compris!

En sortant de la banque, ils gagnèrent le poste de police où le superintendant demanda le renfort d'un policeman et à trois, ils filèrent vers Somerset Road.

C'est surtout la présence du policeman en uniforme qui parut frapper Tom Donnelly. Il resta planté sur le seuil de son appartement, ne songeant pas à demander à ses visiteurs la raison de leur insolite présence, pas plus qu'il ne pensait à les prier d'entrer. Devant ce mutisme, Bolton attaqua :

— Pouvez-vous nous recevoir, Mr. Donnelly?

— Oui... bien sûr... oui... quoique je ne comprenne pas...

Le superintendant eut un bon sourire.

— C'est justement ce que j'ai l'intention de vous expliquer, Mr. Donnelly.

Lorsqu'ils se retrouvèrent dans le studio de Tom, ce dernier paraissait avoir recouvré son sang-froid.

— Avant de vous demander la raison de cette descente en force, superintendant, je vous offre quelque chose?

— Désolé, Mr. Donnelly, mais nous sommes en service.

— En...? Ah!... Bon, eh bien! asseyez-vous...

— Pas davantage, Mr. Donnelly... Au fait, nous n'avons que quelques questions à vous poser et j'ai cru que vous préfèreriez y répondre ici plutôt qu'au poste de police, me suis-je trompé?

— Evidemment pas... mais à quel sujet, ces questions?

— Mr. Donnelly, il y a longtemps que vous êtes rentré d'Amérique?

Rien qu'en surveillant le regard de leur hôte obligé, Bolton sut qu'il était sur la bonne voie.

— Depuis quelques mois déjà...

— Seriez-vous assez aimable pour préciser davantage?

— Disons... un an.

— Vous avez fait fortune chez nos cousins d'Amérique, Mr. Donnelly?

— Fortune? Hélas!... non.

— Dans ce cas, de quoi vivez-vous?

Tom regimba.

— Je ne vois pas à quoi riment toutes ces questions!

— Peu importe, Mr. Donnelly, il suffit que pour moi, elles aient un sens. Je me permets de vous rappeler que vous ne m'avez pas répondu.

— Eh bien! je bricole...

— Depuis un an?

— J'ai emprunté à des amis... en attendant de trouver un job.

— En somme, on pourrait dire que vous êtes un chômeur?

— Soit, et puis après?

— Mr. Donnelly, le croiriez-vous si je vous affirme combien je suis heureux de vous rencontrer?

— Pourquoi?

— Parce que vous êtes le premier chômeur que je rencontre avec plus de cinq mille livres à son compte en banque.

— De quel droit êtes-vous allé fouiner dans mes affaires?

— Lorsque la police enquête sur un meurtre, Mr. Donnelly, elle a tous les droits. Et si vous m'expliquiez l'origine de cet argent?

— C'est un dépôt... Je ne puis y toucher.

— Mais vous n'avez plus que quelques jours à attendre pour pouvoir vous le permettre.

— Ça signifie quoi, cette remarque?

— Voyons, Mr. Donnelly, vous devez bien épouser Mrs. Henderson à la fin de la semaine prochaine?

— Oui, et alors?

– Alors, cet argent vous appartiendra puisque c'est elle qui vous l'a remis. Elle nous l'a dit.

– Bon, d'accord... Cela prouve qu'elle a confiance en moi, non?

– Oh! si... C'est même rare, si vous voulez mon avis, une pareille confiance, car au fond, Mr. Donnelly, rien ne vous empêchait de filer avec cette fortune. Pas de plainte possible puisque l'argent a été déposé par vous.

– Il faut admettre que Joyce m'estime assez pour...

Bolton l'interrompit :

– De la part d'une femme écervelée, je comprendrais un pareil geste, mais Mrs. Henderson est tout le contraire d'une écervelée.

– A quoi voulez-vous en venir?

– A ceci que connaissant Mrs. Henderson comme je la connais, je suis persuadé qu'elle vous a remis cet argent parce qu'elle était certaine que vous n'oseriez pas le lui voler, même si vous en aviez envie.

– Et pour quelle raison?

– Parce qu'elle vous tient, Mr. Donnelly.

– Je ne comprends pas.

– Oh! si, Mr. Donnelly, vous comprenez très bien... Si vous vous étiez sauvé avec les cinq mille livres, Mrs. Henderson vous aurait dénoncé pour le meurtre de son mari... comme elle vient d'ailleurs de nous le révéler lorsque nous lui avons annoncé votre fuite.

Des gouttes de sueur mouillèrent le front de Tom Donnelly. Il balbutia :

– Elle... elle est tombée dans le panneau?

– Malheureusement pour vous, oui. Et pour nous convaincre elle nous a montré la moustache postiche et le revolver dont vous vous êtes servis. Elle les avait gardés pour vous confondre le cas échéant. Une femme qui s'imagine trompée ne réfléchit plus aux conséquences, Mr. Donnelly!

– La garce! Elle m'avait juré les avoir détruits...

Le superintendant changea brutalement de ton :

– Au nom de Sa Majesté, Tom Donnelly, je vous arrête pour meurtre sur la personne de Larry Henderson.

Même lorsque Hadden lui passa les menottes, Tom ne réagit pas. Il semblait avoir perdu toute notion de la réalité. Quand le superintendant le frappa légèrement sur l'épaule, il tressailit.

– Allons-y, Donnelly.

Comme ils sortaient de l'appartement, Tom demanda :

– Mais elle... elle ne s'en tirera quand même pas comme ça?

– Rassurez-vous. Il y a bien des chances pour qu'elle vous accompagne au gibet.

Anéanti, stupéfait, ayant mal au point de ne pouvoir qu'à peine retenir les sanglots lui crispant la gorge, Chris Mortlocke écoutait le superintendant Bolton démolir ses illusions, piétiner le beau rêve un instant nourri. Richard parlait à mi-voix, comme en présence d'un malade hypersensible.

– Dès le début, quelque chose me paraissait louche dans cette histoire, et c'est pourquoi j'ai vainement essayé de vous retenir. Et puis, votre conviction a fini par étouffer mes doutes incertains... Joyce Henderson m'avait produit une excellente impression. Voyez-vous, Mortlocke, sans cet incident avec ma femme, si vous ne vous étiez pas follement mis en tête que je cherchais à protéger Davis, je pense que je n'aurais pas poussé plus avant et que j'aurais laissé tomber l'affaire après la condamnation de Melvin. Mais vous m'avez irrité au plus haut point, et par-dessus le marché, la condamnation excessive de Davis, par suite de votre déposition et celle de Mrs. Henderson, m'ont poussé à prendre le contrepied de vos théories. Je me suis dit qu'après tout, ce que nous savions, nous le savions que d'après le seul témoignage de Mrs. Henderson. Et si elle mentait? Je reconnais que cette hypothèse ne me conduisit nulle part. Elle n'avait eu aucun intérêt matériel à la disparition de son mari, pas d'intérêt sentimental non plus puisqu'il était facile de prouver qu'elle ne vous avait rencontré que par suite de mon absence. Au contraire, l'existence allait lui être désormais plus difficile. Enfin, dans le cas de sa culpabilité, je ne comprenais pas à quoi rimaient ses démarches au Yard. En outre, elle ne vous a jamais encouragé à la courtiser et elle a essayé de vous empêcher de vous brouiller avec moi. Aujourd'hui que nous connaissons la vérité, je reconnais que c'était rudement habile de sa part et que comme comédienne, elle rendrait des points aux plus fameuses.

« Tom Donnelly n'a été qu'un agent d'exécution. Le cerveau, c'était elle. Quel admirable travail! Elle prépare son coup en venant nous dire que son mari a peur de Davis – choisi par hasard, et c'est le seul point du scénario où le hasard ait joué – et lorsque vous faites allusion, en présence de Larry, aux accidents d'automobile, ce dernier se trouble, non parce qu'il a peur de Davis, mais parce qu'il craint qu'on découvre qu'il est l'écraseur d'Harrogate. Vous quittez les Henderson convaincu que Larry vit dans l'angoisse – ce qui est vrai – d'une apparition de Davis – ce qui est faux. Puis, c'est le coup des lettres de menace, des communications téléphoniques. Les hommes de Bradley ne surprennent – et pour cause – nul suspect rôdant autour de la maison de Watford. Apprécions l'habileté de Joyce qui, pour se mettre à l'abri de toute démarche de votre part auprès de son mari, vous déclare qu'en épouse dévouée, elle ne l'a pas mis au courant, de crainte d'accroître sa panique. A ce moment-là, nous sommes tous intoxiqués. Nous sommes persuadés que Davis mène le jeu et Davis ne comprend rien à votre acharnement contre lui. Nous le tenons pour un simulateur, alors qu'il est sincère. Désormais, tout est en place, Joyce peut passer à la seconde partie de son plan : l'exécution de son mari. Diaboliquement, elle se servira du petit Gilmon pour se procurer un témoin irréfutable. Pendant qu'elle est à votre rendez-vous – ah! Mortlocke, votre tendresse aveugle lui a bien facilité les choses! – Tom Donnelly, que nul ne connaît à Watford, avec des lunettes noires et une grosse moustache rousse, ayant coiffé une casquette de livreur, tue Larry sous les yeux du gosse, en prononçant bien clairement le prénom de celui qui l'envoie. Le prénom seulement – notez encore le raffinement – car un prénom est plus vague qu'un nom. On ne tient pas à nous dénoncer trop évidemment Davis, on souhaite seulement nous mettre sur sa piste. Et c'est ce qui se passe.

« Les choses se gâtent un peu par la suite et par votre faute. Vous vous obstinez à jouer les chevaliers-servants, alors que Joyce eût de beaucoup préféré qu'on classât l'affaire. Elle se fichait du sort de Davis. Elle souhaitait simplement qu'on la laissât tranquille. Mais, poussée par vous, elle est contrainte de déposer au procès de Davis. La condamnation de ce dernier lui donne à penser que tout est terminé, et elle peut alors vous apprendre qu'elle ne vous aime pas au point de vous épouser. Sûre d'avoir gagné la partie, elle se permet même de vous révéler qu'elle se remarie avec ce cousin subitement revenu d'Amérique et qu'elle a toujours aimé.

« Et tout se serait déroulé selon les plans prévus par Joyce Henderson sur le point de réaliser le crime parfait, si le hasard, pour la seconde fois, mais contre elle ce coup-là, n'avait joué avec la découverte de l'auto vendue par Henderson, l'auto qui avait tué la jeune femme et le bébé d'Harrogate. Or – et c'est là l'incroyable – nous sommes tellement intoxiqués, vous et moi, par la personnalité de Mrs. Henderson, que c'est nous qui lui fournissons le moyen de nous échapper une fois de plus. A nous deux, poussés obscurément et sans en prendre conscience, par le désir de la tenir à l'écart, peut-être aussi par l'espoir de ne nous être pas trompés complètement, nous inventons, de la meilleure foi du monde, une histoire à laquelle il ne lui reste qu'à apporter sa contribution. Si vous l'aviez vue et entendue gémir qu'au fond, elle se sentait responsable de la mort de son cher Larry... Du grand art, Mortlocke! Et, à nouveau. elle nous échappait, s'il n'y avait eu l'incident des lunettes noires. Pourquoi me dit-elle que ces lunettes lui appartenaient alors que c'étaient celles de Donnelly? J'ai été long à comprendre. Elle s'efforçait de m'empêcher d'établir le moindre lien entre Tom et ces lunettes de soleil, et ce fut son unique erreur, car ce lien ne présentait d'importance que pour elle seule, parce qu'elle seule savait que Donnelly les portait lorsqu'il tua Henderson.

« Mais cela, Mortlocke, je ne l'ai compris qu'après la découverte d'Hadden au sujet des versements et retraits effectués par Joyce Henderson, et plus encore lorsque j'eus la preuve qu'elle nous mentait à propos des diminutions de revenus de son mari. Larry ne versait d'argent à personne. Ce mensonge m'a mis sur la voie, et c'est encore Hadden, sans s'en douter, qui m'a obligé à repenser aux lunettes quand, à la Beverley's Bank, j'ai acquis la certitude d'une nouvelle duperie de Joyce à propos de la date du retour de Donnelly en Angleterre, j'ai foncé et, bluffant l'assassin, je l'ai forcé à avouer son crime. Je l'ai emmené à Watford et, lui ayant posé sur le nez des lunettes noires et une moustache postiche, j'ai envoyé cherché le petit Gilmon qui a manqué piquer une crise de nerfs... Alors, Donnelly a complètement craqué et nous a raconté toute l'histoire.

« Je suis navré de vous apprendre, Mortlocke, que le meurtrier d'Henderson n'a même pas l'auréole de l'amour, c'est le plus sordide des motifs qui a coûté la vie à Larry : l'argent. Joyce n'a jamais aimé personne, mais Tom Donnelly s'affirmait celui avec lequel elle se plaisait le mieux. Quand il a quitté Doncaster, elle a eu une sorte de dépression nerveuse. Pour vivre à Londres – et surtout pour quitter Doncaster – elle a épousé Henderson. Son indifférence à l'égard de son mari s'est tournée en haine lorsqu'il l'a emmenée à Watford. Mais que pouvait-elle tenter? Elle n'était plus de toute première jeunesse et son métier lui avait donné le goût de l'existence assurée. Peut-être, pour se venger, trompa-t-elle Larry avec Tom revenu, mais les choses ne seraient pas allées plus loin si la chance n'était venue frapper à la porte des Henderson sous la forme d'un billet gagnant du Sweepstake de Liverpool, à l'occasion du grand Steeple-Chase. L'accident d'Harrogate découle directement de cette aventure, car c'est parce qu'il avait fêté son gain avec des collègues – sans leur révéler les raisons vraies de sa générosité – qu'Henderson, un peu éméché, perdit ses réflexes et tua la femme et le bébé. Mise au courant, Joyce convainquit son époux de ne souffler mot à personne de son gain de cinq mille livres, car si on découvrait son forfait on pourrait reprendre cet argent sous forme d'amende, de dommages et intérêts, etc. Pour son malheur, Larry se laissa persuader et confia le billet à sa femme. De ce jour, il se condamnait. Joyce mit sur pied un plan qui lui assurerait la possession de l'argent et la débarrasserait de son mari. L'accident d'Harrogate offrait une occasion merveilleuse pour agir sur les nerfs malades d'Henderson. Elle alerta Tom Donnelly, aimable bon à rien que Joyce intimidait. Elle s'ouvrit de ses projets à l'ami d'enfance qui, d'abord – à ce qu'il prétend – refusa, horrifié, mais la perspective de dépenser cinq mille livres en compagnie d'une femme encore très agréable... Bref, il marcha! La suite, nul besoin de vous la rappeler. J'ignore ce qui serait advenu du couple plus tard, mais j'ai la ferme conviction que, d'une manière ou d'une autre, en

Angleterre ou ailleurs, cette mante religieuse qu'est Joyce Henderson aurait réussi à se débarrasser également de Tom Donnelly. Je pense qu'ils seront pendus tous les deux, et ce sera justice. Le truc de Mrs. Henderson consistait à toujours dire la vérité, mais une vérité incomplète et qui, par-là, devenait mensonge. Ainsi Donnelly a bien feint de l'attaquer à Watford. Mais vous pouvez être certain que c'est sur son ordre qu'il lui a un peu serré le cou. En nous révélant l'agression, Joyce ne mentait pas. Simplement, elle ne révélait pas toute la vérité.

« Quelle que soit votre déception, Mortlocke, j'ai le devoir de souligner que votre aveuglement a tout compliqué. Non seulement vous vous êtes trompé, du début à la fin, mais vous nous avez presque obligés à nous tromper par les faux renseignements que vous nous apportiez, en toute innocence. De la part d'un débutant, c'eût été excusable, pas de la nôtre. Si vous m'aviez écouté, vous ne seriez pas tombés aussi vite dans les filets de Joyce Henderson et, qui sait? peut-être n'aurait-elle pas osé assassiner son mari... Le meurtre d'Henderson, la fin de notre amitié, la mort de tout espoir de régénération pour Barbara Cockburn, une condamnation excessive frappant Melvin Davis, l'aggravation du sort de sa pauvre femme qui finira ses jours dans un asile... voilà le bilan de votre aveuglement. Quel gâchis, inspecteur! »

Big Ben lâcha sur Londres endormi l'annonce de la première heure du jour nouveau. Chris Mortlocke se trouvait toujours dans son bureau du Yard. Il y avait bien longtemps que Bolton était rentré chez lui. L'inspecteur – à part les services de nuit, dans une autre aile du bâtiment – demeurait seul dans le Yard déserté. Sa conviction avec le superintendant – ou mieux, le récit entendu – l'avait atteint au plus profond de lui-même. Pareil au boxeur durement frappé, il ne parvenait pas à remettre de l'ordre dans ses idées. Ecrasant toute tentative de pensée, la réflexion terminale de Bolton sonnait comme un glas dans sa tête douloureuse : quel gâchis, inspecteur... quel gâchis, inspecteur... quel gâchis, inspecteur...

Joyce... Qui aurait pu penser que Joyce et son regard si doux... Et lui, Mortlocke, un habitué du crime, s'était laissé rouler comme un jeunot. Ridicule sur le plan humain, ridicule sur le plan professionnel... Tout à l'heure, le Yard ferait des gorges chaudes de sa pitoyable aventure et il devrait aller témoigner au procès de Joyce Henderson. D'avance, il ne s'en sentait pas le courage. Il ne se voyait pas étalant en public ses pauvres illusions bafouées. Déjà, il entendait les ricanements que susciteraient ses aveux d'amoureux berné... Et pourtant, il lui suffirait de parler pour pousser Joyce vers le bourreau. Il s'en voulait, se méprisait de ne pas réussir à se détacher de la tendresse qu'il continuait à éprouver pour une femme qui n'existait pas. Chris savait que pour toutes les années lui restant à vivre, il demeurerait attaché à une ombre née de son imagination.

Un beau gâchis, en vérité. Janet ne lui pardonnerait jamais. Bolton ne lui parlerait plus avec la confiance d'autrefois. Barbara passerait le reste de ses jours à le maudire. Davis enfermé pour dix ans, devait encore se demander les raisons de la haine de Mortlocke à son endroit et la folle arrachée à son univers douillet mourrait dans l'anonymat sans pitié de l'asile. Il n'est pas jusqu'à Joyce qui le rendrait responsable de son échec et l'injurierait quand on lui passerait la cagoule des condamnés à mort. Et pour lui, que restait-il à espérer? Rien, sinon la solitude, cette solitude à laquelle il avait cru échapper et qui se refermait plus étroitement sur lui. Quel gâchis...

Chris Mortlocke quitta le Yard vers une heure trente. Il ressentait le besoin de se fatiguer pour tenter d'endormir la douleur le taraudant. Insoucieux de la distance le séparant de son home, il partit à pied vers Hammersmith.

Par Birdcage Walk, Constitution Hill, il gagna Knights Bridge, longea Hyde Park, Kensington Gardens, prit l'interminable Kensington High Street. Il marchait mécaniquement, ne prêtant attention à rien, uniquement plongé dans ses pensées moroses. Ainsi, il ne se soucia pas de l'auto le suivant au ralenti. Il ne prit conscience de sa présence qu'au moment où elle arrivait à sa hauteur et s'arrêtait. Une voix l'appela :

– Inspecteur Mortlocke?

Tout de suite, il comprit qu'il s'agissait de Barbara Cockburn et de ses tueurs, tout de suite aussi, il sut qu'il allait mourir. Il en fut presque soulagé.

– Inspecteur Mortlocke?

Il dit paisiblement :

– Bonsoir, Barbara.

Le moment venu, elle devait hésiter. Sa voix manquait d'assurance lorsqu'elle affirma :

– Je vais vous tuer, Mortlocke.

Pour la décider, il ricana :

– Vous n'en aurez pas le courage!

Et fermant les yeux, pensant à Joyce telle qu'il souhaitait en emporter l'image, il s'avança vers la voiture.

Les constables Herbert Moridge et John Sturgess, effectuant leur ronde, passaient devant l'Olympia; ils sursautèrent en entendant les coups de feu.

Le Club des Masques

ALDING Peter
531 Le gang des incendiaires

BAHR E.J.
493 L'étau

BARNARD Robert
535 Du sang bleu sur les mains *(nov. 84)*

CARR John Dickson
423 Le fantôme frappe trois coups

CHEYNEY Peter
6 Rendez-vous avec Callaghan
23 Elles ne disent jamais quand
31 Et rendez la monnaie
41 Navrée de vous avoir dérangé
57 Les courbes du destin
74 L'impossible héritage

CHRISTIE Agatha
(85 titres parus, voir catalogue général)

CURTISS Ursula
525 Que désires-tu Célia ?

DIDELOT Francis
524 La loi du talion

ENDRÈBE Maurice Bernard
512 La vieille dame sans merci

EXBRAYAT
(71 titres parus, voir catalogue général)

FERRIÈRE Jean-Pierre
515 Cadavres en vacances
532 Cadavres en goguette *(sept. 84)*

FISH et ROTHBLATT
518 Une mort providentielle

FOLEY Rae
517 Un coureur de dot
527 Requiem pour un amour perdu

GILBERT Anthony
505 Le meurtre d'Edward Ross

IRISH William
405 Divorce à l'américaine
430 New York blues

KRUGER Paul
513 Brelan de femmes

LACOMBE Denis
456 La morte du Causse noir
481 Un cadavre sous la cendre

LANG Maria
509 Nous étions treize en classe

LEBRUN Michel
534 La tête du client *(oct. 84)*

LONG Manning
519 Noël à l'arsenic
528 Pas d'émotions pour Madame

LOVELL Marc
497 Le fantôme vous dit bonjour

MARTENSON Jan
495 Le Prix Nobel et la mort

MONAGHAN Hélène de
452 Suite en noir
502 Noirs parfums
539 Le couperet *(déc. 84)*

PICARD Gilbert
477 Le gang du crépuscule
490 L'assassin de l'été

RATHBONE Julian
511 A couteaux tirés

RENDELL Ruth
451 Qui a tué Charlie Hatton ?
501 L'analphabète
510 La danse de Salomé
516 Meurtre indexé
523 La police conduit le deuil
540 La maison de la mort *(déc. 84)*

RODEN H.W.
526 On ne tue jamais assez

SALVA Pierre
475 Le diable dans la sacristie
484 Tous les chiens de l'enfer
503 Le trou du diable

SAYERS Dorothy L.
400 Les pièces du dossier

SIMPSON Dorothy
533 Le chat de la voisine *(oct. 84)*

STOUT Rex
150 L'homme aux orchidées

STUBBS Jean
507 Chère Laura

SYMONS Julian
458 Dans la peau du rôle

THOMSON June
521 La Mariette est de sortie
536 Champignons vénéneux *(nov. 84)*

UNDERWOOD Michaël
462 L'avocat sans perruque
485 Messieurs les jurés
531 La main de ma femme *(sept. 84)*

WAINWRIGHT John
522 Idées noires

WATSON Colin
467 Cœur solitaire

WINSOR Roy
491 Trois mobiles pour un crime

ENVOI DU CATALOGUE COMPLET SUR DEMANDE

« Composition réalisée en ordinateur par IOTA »

IMPRIMÉ EN FRANCE PAR BRODARD ET TAUPIN
58, rue Jean Bleuzen - Vanves - Usine de La Flèche.
ISBN : 2 - 7024 - 0145 - 7

H 31/0107/8